GEMMA PASQUAL I ESCRIVÀ

Like

BLAU

BARCANOVA

Rosa Sensat, 9-11, 4a planta, 08005 Barcelona
Telèfon 932 172 054

Projectes: Sara Moyano
Coordinació editorial: Emma Estañol
Edició: Núria Riera
Disseny de la coberta: Lola Rodríguez
Maquetació: Mercedes F. Bravo

Fotografia de la coberta: OmniArt/Shutterstock.com

Primera edició: març de 2020
Quarta impressió: febrer de 2022
DL B 3559-2020
ISBN: 978-84-489-5198-6
Printed in Spain

PAPER DE FIBRA
CERTIFICADA

A Guillem, sense la seva col·laboració i les seves idees
Aquesta novel·la no hauria estat possible.

Gran germà et vigila.

George Orwell

548 *LIKES*

El sol de fusió nuclear, una enorme esfera que resplendia al cel, puntual com cada matí, va substituir la lluna a les 6 en punt. La sensació tèrmica era de 24 graus, la perfecta perquè el cos de les persones estigués en total harmonia i equilibri amb l'entorn.

Oh, quina meravella! Quantes criatures belles que hi ha aquí! Que n'és, de bella, la humanitat! Oh, món feliç, en el qual viu gent així!

Els homes i les dones van interrompre la seva rutina, curiosos i atents, i van dirigir les mirades cap a les gran pantalles que envaïen les façanes: les de la Fàbrica, la Urbanització i, també, les de la City. El seu gran líder, Magnus, es dirigia com cada dia als ciutadans, amb el seu particular plural majestàtic. Els trets greus de Magnus van aparèixer a la pantalla. Aixecant la mà, va fer el seu gest familiar de salutació.

Si romanem units, estretament units, decidits a tot, la nostra voluntat superarà tots els obstacles —va començar solemne—. *Somrieu, regaleu un somriure càlid i relaxat. Perquè els detalls, com tots sabem, condueixen a la virtut i la felicitat, mentre que les generalitats són intel·lectualment mals necessaris. I no oblideu que qualsevol imprevist pot ser una bona oportunitat per mostrar-se positiu.*

I nos, Magnus, el vostre gran líder, us arrencarà el vostre primer somriure. Avui ens trobem molt generosos i us volem regalar a cada un de vosaltres 20 likes *per començar el dia.*

I, de cop, els espectadors van observar els seus rellotges intel·ligents; ni un segon no van trigar a aparèixer els seus *likes.* L'alegria de la multitud va esclatar. Aplaudien entusiasmats. Magnus va acabar la connexió amb les mateixes paraules amb què havia començat l'al·locució:

Oh, quina meravella! Quantes criatures belles que hi ha aquí! Que n'és, de bella, la humanitat! Oh, món feliç, en el qual viu el nostre líder Magnus!

La població repetia aquestes paraules, com una lletania, sense parar de somriure, de fer-se selfies i sense apartar la mirada de les pantalles. Magnus va callar, però va persistir durant diversos segons en la pantalla, com si l'impacte que havia deixat en els ulls de tots fos massa viscut per esborrar-lo immediatament.

⅄⅄⅄

—Ooooh, quina meraaa-ve-lla-lla-lla! Quan-tes-tes-tes criatu-tu-tu-tu-tu... Ooooh, quina meraaa-ve-lla-lla-lla! Quan-tes-tes-tes criatu-tu-tu-tu-tu... —repetia la veu metal·litzada i estrident de Robbie, un robot de la sèrie T-245 descatalogat, en forma d'esfera, ampla i aplatada a la base, amb la superfície abonyegada i ratllada per l'ús. El cobria una fina capa d'un esmalt blau elèctric. Dues petites pantalles il·luminades que semblaven els ulls l'humanitzaven. Feia olor d'oli de màquina. De bon principi, aquesta sèrie havia estat destinada a les feines domèstiques, com ara aspirar o fregar el terra, però Robbie havia estat actualitzat i millorat per la mare de Kas, que treballava en una cadena de producció de robots domèstics, i ara s'havia convertit en un robot de companyia.

Kas es va despertar de l'ensurt.

—Calla, si us plau —li va suplicar.

—Ooooh, quina meraaa-ve-lla-lla-lla! Quan-tes-tes-tes cria-tu-tu-tu-tu-tu... Ooooh, quina meraaa-ve-lla-lla-lla!

Però Robbie s'havia encallat, no podia parar, acompanyava les paraules del líder amb un soroll insuportable, com el brunzit d'una locomotora. Tot d'una, Kas es va girar, va agafar una sabatilla de terra i la hi va llançar amb un enèrgic moviment de braç.

—Ui! —va fer Robbie quan la sabatilla va impactar contra la seva carcassa. I va tornar a repetir la lletania—: Ooooh, quina meraaa-ve-lla-lla-lla...

—Atura't —va cridar Kas, tapant-se les orelles amb les mans. Aquell soroll era insuportable.

I li va donar un cop fort.

—Ui! Bon dia, Kas! Fa un dia meravellós —va dir ara amb la seva veu normal. I, tot d'una, en totes les pantalles de la casa va aparèixer el líder repetint el seu discurs.

—Oh, quina meravella! Quantes criatures belles que hi ha aquí! Que n'és, de bella, la humanitat! Oh, món feliç, en el qual viu el nostre líder Magnus! —va exclamar Kas mentre corria a oxigenar-se. De cop va mirar el seu rellotge intel·ligent—. 20 *likes*! No està gens malament. Avui Magnus ha estat molt generós! —I en veure l'hora va exclamar—: No pot ser, no pot ser! Faré tard al tren bala. Tens una altra vegada el rellotge espatllat! Ets un trasto que no serveix per a res! Et desmuntaré cargol a cargol i et duré a reciclar —el va amenaçar amb un tornavís a la mà, mentre Robbie corria a refugiar-se sota el llit.

Les conseqüències d'arribar tard al Centre d'Estudi eren incalculables. Es va posar frenètica. De sobte, el líder va desaparèixer de les pantalles i va aparèixer la mare de Kas.

—Kas, encara ets a casa? Faràs tard! I no estem per perdre *likes*.

—És aquest trasto! No sé per què no tenim un model més avançat com tota la gent normal.

—Robbie fa molts anys que és amb nosaltres, des d'abans que naixessis; és de la família. A més, defineix «normal».

—Normal és normal, i ara no estic per un dels teus discursets. Faig tard, tu mateixa ho has dit!

—Avui, en sortir del Centre d'Estudi, has de recollir la compra.

—I per què no la porten a casa com a tothom?

—Això són diners i *likes*, i a nosaltres no ens sobra ni una cosa ni l'altra. No te n'oblidis. Si no la reculls, retornen la compra i ens costa *likes*, com l'última vegada.

—No me n'oblidarééé —va replicar Kas arrossegant la *e*.

—Què dus posat? La samarreta blanca i els pantalons blaus? Avui és el tercer dia de la setmana; vas just al contrari: toca samarreta blava i pantalons blancs. I recull-te els cabells; no m'agrada que els duguis solts per anar a classe. T'he de deixar, passa un dia feliç i meravellós —i la mare va desaparèixer de la pantalla.

A Kas, el cor li va fer un salt. Es va quedar mirant una altra vegada Robbie, que l'observava des de sota del llit, i el va tornar a amenaçar amb el tornavís, s'havia equivocat de roba. Ara tenia un dilema: si es canviava, arribaria tard al tren bala, faria tard al Centre d'Estudi i li costaria uns quants *likes*, i si no es canviava, li costaria menys *likes*, però seria la friqui de classe.

Els *likes* atorgaven una puntuació a cadascun dels ciutadans en funció dels seus hàbits cívics, socials i de consum, les seves amistats i el seu compliment dels deures econòmics. Així mateix, la ciutadania també tenia el privilegi d'atorgar o treure *likes* als seus veïns, un fet que, a la pràctica, només podien fer els benestants, ja que la gent humil els necessitava per subsistir. Una part restringida de la població podia restar *likes*, els anomenats *unlikes*, però això només estava reservat a les famílies de classe alta.

El nombre de *likes* marcava la posició dels ciutadans en l'escala social, de manera que aquells amb un crèdit alt tenien dret a un tracte preferent de l'Administració. En canvi, aquells amb un nombre baix de *likes* s'enfrontaven a la impossibilitat fins i tot d'accedir a determinats llocs de treball i de viure en determinades zones, tenien restringits la matrícula dels fills a les escoles, l'accés a llocs d'oci, la velocitat d'internet i els podien eliminar el dret a viatjar lliurement i a accedir a beques, tarifes reduïdes o ajuts.

Aquest sistema de *likes* era possible gràcies a la combinació de diverses tecnologies, com ara el *big data*, el reconeixement facial i el monitoratge d'internet, ajudats per les càmeres de vigilància amb intel·ligència artificial, instal·lades a tot arreu. L'harmonia i la pau social només s'aconseguien si tots els ciutadans es comportaven d'una manera apropiada. El sistema de *likes* instaurat per Magnus no només creava confiança entre els ciutadans i una cultura de la sinceritat, l'honestedat i la integritat, sinó també una còmoda sensació de benestar, alliberava endorfines, augmentava l'activitat cerebral i, en definitiva, generava plaer. Un plaer diferent dels altres plaers quotidians: no només provocava satisfacció i alimentava l'ego, sinó que també feia saber al ciutadà que era acceptat en el grup, que hi pertanyia.

Per a Kas, els *likes* eren importants, però tenia una capacitat innata per perdre'ls. Va mirar l'hora. Havia perdut massa temps cavil·lant. Havia de sortir disparada cap al tren bala si no volia pagar les conseqüències amb *likes*.

⅄⅄⅄

El tren bala va conduir a tota velocitat Kas fins a la Urbanització, o el PECOR, Prototip Experimental de la Comunitat de Reconstrucció, on hi havia el Centre d'Estudi, una ciutat del demà avui, com l'anomenava Magnus. Un disseny radial i un nucli central pel qual passaven totes les vies i els mitjans de transport urbà. El tren bala unia la Urbanització amb la Fàbrica, i un tren càpsula, molt més ràpid, de propulsió electromagnètica a través d'un tub de buit, comunicava la Urbanització amb la City. A més, un sistema de cintes transportadores sense motor, també impulsades mitjançant força electromagnètica, unia el centre metropolità amb les àrees residencials exteriors i el Centre d'Estudi.

La Urbanització estava dissenyada per ser perfecta, combinava ciència i enginy per generar una experiència de felicitat i benestar en un espai de convivència i de serveis ben organitzat. S'innovava i es col·laborava amb empreses líders en educació, salut i la tecnologia, els anomenats *patrocinadors*, per assolir un nivell alt de vida.

Ningú no tenia cap terreny al PECOR perquè eren de Magnus, cada un dels residents eren inquilins i, per tant, tots havien de pagar-li una renda. A canvi, tots tenien feina. No hi havia jubilats perquè la feina anava canviant amb l'edat i depenent de les característiques de l'individu, i, en arribar als setanta anys, s'havien guanyat viatjar al Paradís, l'únic lloc de la Terra on encara existia la natura, ben igual que abans de la Reconstrucció, un lloc secret per preservar-lo, un lloc on tots desitjaven anar, on la felicitat era absoluta.

Tothom treballava i vivia sota les regles de Magnus i, per aquest privilegi, es pagava un lloguer i una renda mínima de *likes*. Els que no s'ho podien permetre, vivien i treballaven a la Fàbrica, com Kas i la seva mare.

El Centre d'Estudi era un complex impressionant, un entramat d'elements com ara l'alumini, el ciment i el vidre, cobert per una lleugera pèrgola d'enreixat d'acer que recorria i envoltava l'exterior. Evocava una estructura òssia, que es mantenia ingràvida a 500 metres sobre un llac artificial. Semblava una nau espacial. El nucli de l'edifici era ocupat per aules i laboratoris que es distribuïen al voltant de dos passadissos corbats. Un corredor porticat situat a la planta baixa envoltava tota l'estructura.

Quan Kas va entrar al Centre d'Estudi, tothom va observar les pantalles i la va assenyalar com si fos un espantall; li feien fotos, la gravaven... En un temps record, fins i tot van crear un mem que aviat es va fer viral. Ella caminava digna pels corredors com si no passés res.

—Com vas vestida? —li va preguntar Nicole, la seva millor amiga, mirant el seu rellotge intel·ligent, que tothom anomenava *rein*.

El *rein* de Nicole no tenia res a veure amb el de Kas, que era un model molt senzill de color blau fosc; el de l'amiga feia el doble, era blanc amb clapes de color blau elèctric, no pesava gens, tenia un programari d'última generació que reproduïa hologrames i estava connectat directament al seu cervell per no haver de donar-li cap ordre de veu.

—No preguntis —va respondre Kas sense parar de mirar el *rein*.

Era de mala educació mirar-se a la cara; es comunicaven mirant les pantalles. Només estava ben vist fer-ho amb la família, tot i que les famílies de la Urbanització i les de la City ja no es miraven mai; únicament ho feien les famílies de la Fàbrica.

I de cop va veure com li desapareixen 10 *likes*: era la penalització per no dur la roba del tercer dia de la setmana. Algú devia haver-ne informat: ser un bon ciutadà i vigilar l'ordre de totes les coses també feia guanyar *likes*. O potser l'algorisme de reconeixement de les càmeres l'havia delatada. Va arrufar les celles. Kas sempre anava justa de *likes*, i de diners també.

A Nicole la seguia el seu nou W-100, el més avançat del mercat. Quasi tots els alumnes anaven acompanyats dels seus robots; els feien d'assistents.

—No comprenc per què no portes Robbie —va dir Nicole. Ella mai no havia posat nom als seus robots; no li duraven prou per agafar-los estima.

—No em parlis de Robbie. Per culpa seva avui porto malament l'uniforme. A més, se li ha desajustat el rellotge!

—L'hauríeu de canviar. Hi ha models molt econòmics, o millor encara, us en puc donar un dels meus vells; sempre seran més nous i eficients que l'antigalla de Robbie.

—La mare no el deixa sortir de casa, diu que és de la família —li va dir Kas examinant la cara de l'amiga a la diminuta pantalla del *rein*. Li havia dolgut aquella observació, tot i que sabia que Nicole no ho havia fet amb mala intenció.

El robot de Nicole les va avisar que la professora estava a punt d'entrar. Tots es van alinear davant les butaques ergonòmiques, en silenci. A sobre de cada seient hi havia incorporada una pantalla que enfocava l'alumne, així els professors els observaven sense necessitat d'haver de mirar-los directament a la cara. A sota dels seients s'instal·laven els robots personals dels alumnes. El lloc de Robbie sempre era buit.

—Oh, quina meravella! Quantes criatures belles que hi ha aquí! Que n'és, de bella, la humanitat! Oh, món feliç, en el qual viu el nostre líder Magnus! —va exclamar la professora Alícia mostrant un ampli somriure, sense mirar cap alumne a la cara, contemplant fixament les pantalles repartides per tota la classe. Tenia el nas arromangat i els ulls penetrants, encara que no agressius. Tot i l'entusiasme, el seu rostre era inexpressiu.

Tots els alumnes van repetir les paraules alhora, observant la gran pantalla que presidia la classe, just a dalt de la professora, i que reflectia en un primer pla el seu somriure.

La professora Alícia va aixecar una mà amb expressió solemne i es van apagar els llums. De cop, davant seu va aparèixer la City, on vivia la classe alta, el sector directiu, el nucli en què es gestaven la planificació i l'organització. Els hologrames dels alts edificis de plàstic i metall lluminosos es repartien per tota la classe. Hi havia l'avinguda Central, que passava per sota de l'arc de la Reconstrucció de Magnus, l'Estadi de Magnus i al final de l'avinguda hi havia el Palau dels Fòrums Populars, amb una enorme cúpula de color blau cian, on Magnus feia els seus discursos davant una gran multitud i des d'on saludava la població cada dia.

—Farem la nostra estada de final de curs a la City!!! —La veu de la professora gairebé tremolava d'entusiasme.

I tots van aplaudir.

—A més, potser, només potser, aconseguirem una audiència amb el nostre gran líder Magnus. —Ara la seva veu havia adquirit un to confidencial i excitat.

L'alegria es va desfermar.

—Hem de ser prudents. El nostre líder és una persona molt ocupada. Només és una possibilitat. De seguida us passo les condicions econòmiques, els *likes* mínims necessaris i tots els extres per fer encara més meravellosa la vostra estada. Recordeu que amb uns quants *likes* més podeu reduir el preu monetari, si ho necessiteu.

Totes les mirades es van dirigir als *reins*.

—Gràcies, papi, ets el millor! —va exclamar Nicole.

El seu pare s'havia connectat ràpidament amb ella per dir-li que ja ho tenia tot pagat, amb tots els extres. Estava tan contenta que no va poder veure la cara de decepció de l'amiga.

—Què tens, Kas? —li va preguntar quan se'n va adonar.

—És impossible! Em calen 3.000 *likes* com a mínim per poder fer l'estada, més els necessaris per a la tarifa reduïda. No puc aconseguir tants *likes* i encara menys tants diners —es va queixar Kas, que veia com s'esfumava potser l'última possibilitat de la seva vida de visitar la City. Els habitants de la Fàbrica només la podien visitar amb un permís especial.

—De segur que la teva mare ho soluciona.

—No, no aniré mai a la City —es va lamentar abatuda Kas—. Potser —va dir a l'amiga, mirant-la fixament a la pantalla del *rein*— el teu pare em podria ajudar.

Nicole va estar a punt de mirar als ulls a Kas, tot i que no estava ben vist, però es va reprimir. Aquell suggeriment havia estat de molt mal gust; es mereixia un *unlike*. No es va molestar a respondre-li.

—A més, hem aconseguit un passi especial per poder visitar el Museu d'Art Magnus —va continuar la professora, evocant les meravelles de l'estada.

Tot d'una van desaparèixer els edificis, i els hologrames es van convertir en obres d'art.

—Magnus va salvaguardar totes les obres d'art d'abans de la Reconstrucció que va poder, i tan gran és la seva generositat que va voler que el poble en gaudís. En el seu origen eren estàtiques i lletges, i ell va manar convertir-les en aquests hologrames fantàstics en moviment, amb tots els colors del blau i del blanc, els colors de la felicitat. —La professora parlava amb gran rapidesa. Era evident que la seva professió li produïa un intens plaer—. Aquí en tenim un exemple —i va assenyalar un quadre—: *La dona del somriure enigmàtic* és considerada com l'obra d'art més famosa d'abans de la Reconstrucció. És d'un pintor desconegut que va fer servir una tècnica molt antiga anomenada *esfumat*; juga amb totes les gammes del blau i utilitza només unes pinzellades de blanc per donar lluminositat. La dona del quadre dirigeix la mirada lleugerament cap a l'esquerra, té un somriure enigmàtic, que, per un estrany efecte òptic, sembla desaparèixer quan l'espectador tracta de fixar-s'hi.

Aquesta última observació va cridar l'atenció dels alumnes, que van fixar la vista en l'holograma. I, de cop, la dona del quadre els va picar l'ullet, cosa que els va fer riure.

La professora Alícia va obrir els llums. La classe s'havia acabat.

—Aquesta és només una de les meravelles que podrem admirar en la nostra visita a la City. Ara ens farem una selfie de grup! —va exclamar la professora Alícia i el *rein* se li va desprendre del puny i es va enlairar fins a poder enquadrar tot el grup, somrient, i fer-los un munt de fotos.

La professora va observar totes les selfies i va arrufar les celles. Cap no era del seu grat.

—Un moment! Un moment! L'hem de repetir! Algú no està somrient! —va exclamar fent una veu infantil mentre mirava la pantalla de Kas.

—Ho sento —va dir ella amb el cap cot. No tenia ganes de somriure. Ella no podria anar a la City.

El *rein* de la professora va tornar a sortir volant. Kas va fer una ganyota que semblava un somriure. Ara sí: la professora va fer uns quants retocs a la foto i la va penjar a totes les xarxes socials.

—I no oblidem donar les gràcies a la Societat d'Educació Positiva Magnus i cia. Gràcies a ells és possible que us formem i que jo m'ho passi tan bé amb vosaltres.

—Gràcies! —van repetir tots alhora.

La pantalla més gran que presidia la classe va enfocar en primer pla la cara de la professora. De cop, el comptador dels seus *likes* es va disparar. Les classes també podien ser seguides per qualsevol ciutadà; sobretot les seguien els pares i els patrocinadors. La professora Alícia tenia molts seguidors.

—Oooh! Jo també em sento generosa com el nostre líder Magnus! Us regalo 5 *likes* a cada un de vosaltres! Sou fantàstics!

L'alegria de la classe es va desbordar. Tots van aplaudir mentre la professora sortia de l'aula.

A l'entrada ja l'esperava el professor Nèstor, que feia classe d'Història de la Reconstrucció.

Tots els alumnes es van alinear davant els seus seients en silenci.

—Oh, quina meravella. Quantes criatures belles que hi ha aquí. Que n'és, de bella, la humanitat. Oh, món feliç, en el qual viu el nostre líder Magnus —va repetir el professor Nèstor com una lletania, sense cap entusiasme, sense mirar a les pantalles.

Els alumnes van repetir la lletania amb més entusiasme que el professor, tal com els havien ensenyat des de petits.

—Ja que aneu d'excursió a la City, avui parlarem de la seva construcció l'any de la Reconstrucció zero.

—Paciència —va murmurar Kas, després de consultar el *rein* i comprovar que encara faltaven dues hores per dinar. Tenia gana; amb les presses no havia esmorzat.

El professor Nèstor era tot el contrari de la professora Alícia: no era divertit, ni provocava cap empatia amb els alumnes, a penes utilitzava hologrames i la seva veu se sentia per tota la classe com un mantra. Els alumnes aprofitaven per donar una ullada als *reins*, connectar-se a xats, fins i tots jugaven en línia, i els més aplicats feien els deures pendents.

Kas sí que l'escoltava, més que per interès per llàstima. Pobre home! Era peculiar: tenia la silueta menuda, encorbada, els cabells despentinats, els omòplats com ales trencades. Tots els dies de la setmana anava amb un vell vestit jaqueta blau indefinit i una corbata de llacet blanca amb rombes. Pensava que s'assemblaven en alguna cosa, eren com dues *rara avis* en aquell món perfecte. Es va preguntar on vivia i amb qui. A la City de segur que no. A la Urbanització, o potser a la Fàbrica, però mai no havien coincidit al tren bala. I era evident que, com ella, no tenia ni diners ni *likes* de sobra. Kas s'estirava, pensativa, el lòbul de l'orella.

—Algun dubte? —va preguntar el professor en acabar la classe, sense esperar cap resposta.

Kas va projectar la seva pantalla. De cop, tots els companys van aixecar la mirada. Era estrany: mai ningú no havia fet una pregunta a la classe del professor Nèstor.

—Sempre ens parla de la Reconstrucció. Però què hi havia abans? Era com el Paradís on van els nostres avis? Com vivien les persones? Vostè hi era. No fa ni vint anys de tot allò.

El professor va dibuixar un petit somriure. La gran pantalla que presidia l'aula va enfocar un primer pla del professor.

Es va produir un silenci incòmode, esperant la resposta. El professor Nèstor va observar la pantalla i es va fregar les mans. Els seguidors s'havien disparat. Era clar que l'observaven i que aquella pregunta havia despertat la seva curiositat. El professor va mirar l'hora i va restar una estona callat, com pensant la resposta. Després, es va escurar el coll i va dir:

—Ho sento, senyoreta Kassandra, la classe s'ha acabat. Ho deixarem per a la propera. Donem les gràcies a la Societat d'Educació Positiva Magnus i cia.

—Gràcies —van repetir tots alhora.

Al contrari que la professora Alícia, el professor Nèstor mai no obtenia cap *like* i solia acabar amb un munt d'*unlikes*. Però aquesta vegada va ser diferent. De cop va aparèixer 1 *like* a la pantalla. El professor ho va agrair amb un somriure.

—Li has donat 1 *like*?! Però si és més avorrit que les pedres! —li va dir Nicole.

—Em sap greu.

—Després et queixes que no tens *likes*.

—Un de més o un de menys no em solucionarà el problema. A més, avui no ha anat gens malament. Magnus ens ha regalat 20 *likes*.

—Sí, i n'has perdut 10 per anar vestida així.

—I la professora Alícia ens n'ha regalat 5 menys 1 que he donat al professor... Avui he guanyat 14 *likes*! —va dir mirant la pantalla del *rein*—. Però aquí en marca 13. Qui m'ha fet 1 *unlike*?! De segur que ha estat per la roba! No m'ho puc creure! La gent és dolenta.

Nicole no es va atrevir a dir-li que havia estat ella. No ho havia fet expressament; ho havia pensat i el seu *rein*, connectat al seu cervell, havia executat l'ordre de seguida. Ara n'estava penedida. Però no passava res; més tard li regalaria uns quants *likes* per compensar-la.

561 *LIKES*

Kas es va arrepapar com cada tarda en tornar a casa en un seient del tren bala i va aixafar el nas contra el gruixut vidre. En acostar-se a la Fàbrica, tenia la sensació que arribava a un país diferent. Des dels vidres observava un paisatge lleig, brut i hostil. Els vagons anaven abarrotats, hi feia pudor de suor, la gent anava amb el cap cot, pendent dels seus modestos *reins*, seia en silenci, enfonsada en els seients, bressolada pel tren. De vegades, els viatgers, a diferència del que passava a la Urbanització o la City, on la regla era que ningú no saludava ningú, ho feien amb un gest del cap, mirant cap a terra, en entrar.

Les pantalles instal·lades al llarg dels vagons repetien una vegada i una altra el missatge següent:

Benvolguts passatgers: Per evitar unlikes*, seguiu la normativa pertinent i respecteu les instruccions del tren i de l'estació. La vostra col·laboració serà recompensada amb* likes*. Somrieu!*

Malgrat la ganyota que dibuixaven en sentir aquest missatge, les cares barrejaven tristesa i cansament. El tren reflectia la composició dels habitants de la Fàbrica: treballadors i molt poca classe mitjana. Aquests darrers només agafaven el tren quan s'hi veien obligats per algun contratemps; si no, sempre utilitzaven el transport privat. La gent vestia roba molt modesta. La majoria anaven amb granotes de color blau fosc o amb els uniformes de les cases on servien; d'altres, els més afortunats, anaven mudats amb la roba de temporades passades que els havien regalat els amos. Eren els que sobrevivien amb l'SL, el subsidi de *likes* necessari per subsistir. Molt pocs fantasiejaven de sortir de la perifèria. Estaven massa cansats per somiar. Encadenaven fins a tres jornades laborals seguides; no hi havia límit d'hores de feina. Podien agafar els dies de descans que volguessin; això sí, se'ls havien de pagar amb els *likes* estalviats, per la qual cosa ningú no descansava, si no era per una força major. Per a un habitant de la Fàbrica, tenir una feina a la Urbanització era un somni i tenir-ne una a la City, un veritable miracle.

Minuts després de deixar la Urbanització, la Fàbrica sorgia a l'horitzó. Envoltades per una mitja lluna d'edificis, moles immenses plenes d'habitacles que semblaven ruscs, blocs de blau plom, sobresortien les dues imponents torres principals, els centres de treball on es fabricaven els robots, pintades de blau i blanc amb motius geomètrics, tallades en intrigants línies i finestres.

Aixafada pels immensos corredors de l'edifici, la senyora Hipàtia va arribar a l'ascensor, arrossegant lentament unes bosses.

—Esperi, senyora Hipàtia! —va dir Kas, entrant corrent al pati.

—Aquest lloc solia ser magnífic —va murmurar, mentre donava una última ullada al seu voltant, com acomiadant-se'n. Vivia des de feia tant de temps en soledat que se sorprenia dient i fent coses estranyes—. Però ja no en queda res. —Malgrat el seu caminar vacil·lant, les paraules de la senyora Hipàtia ressonaven amb força. Ella era la més vella d'aquella fortalesa.

La senyora Hipàtia va prémer el botó del 102 per pujar a casa seva, que era al 101. L'ascensor no parava al seu pis i ningú no s'havia preocupat mai de solucionar aquell problema. Per baixar al carrer des del 101, també s'havia de pujar al 102, tot i que semblava més lògic baixar al 100; però l'ascensor, encara que s'aturava aquí, no hi acudia si el cridaven des de dalt.

—On va tan carregada?

—No t'ho ha dit, la teva mare? Us he convidat a sopar.

—Què celebrem?

—Me'n vaig al Paradís —va dir la senyora Hipàtia, fent un sospir.

—Que bé! S'ho ha ben guanyat. Em sabrà greu no tornar-la a veure.

—A mi també. Us he agafat molta estima, a tu i la teva mare. —Vivien porta amb porta, eren veïnes de tota la vida, fins i tot li havia fet de cangur quan era petita. Per a Kas, la senyora Hipàtia era el més semblant a l'àvia que no havia tingut mai—. Finalment em reuniré amb el meu Eryx.

El senyor Eryx era el seu marit. Feia cinc anys que havia marxat al Paradís, cinc anys sense saber-ne res. La raó, segons

Magnus, era per seguretat, per això no hi havia comunicació amb l'exterior.

Van sortir de l'ascensor. Kas anava carregada amb les bosses de la senyora Hipàtia, quan de sobte es va recordar que no havia recollit la compra.

—Ara vinc!

Li va deixar les bosses a la porta de casa i va pujar una altra vegada al pis de dalt per agafar l'ascensor per baixar.

Però era massa tard: la compra havia estat retornada. Va anar a casa de la senyora Hipàtia per ajudar-la a preparar el sopar. No va tenir esma d'explicar-li el que li havia passat amb la compra. No volia amargar-li el que seria l'últim sopar amb elles. Va mirar el *rein*; esperava notícies de la seva mare. A hores d'ara de segur que ja li havien restat els *unlikes* de penalització.

El pis de la senyora Hipàtia era ben igual que el de Kas, d'uns 20 metres quadrats, una habitació, la zona de neteja personal i oxigenació i la cuina, que era un pas entre l'accés a la casa i el saló. La cuina era un espai més d'emmagatzematge; a la Fàbrica ningú no cuinava. La seva alimentació es basava en batuts i barretes proteiques, a diferència de les persones que vivien a la Urbanització o a la City, on hi havia bons restaurants i botigues per comprar queviures. Al menjador del Centre d'Estudi hi havia un menú econòmic, també de batuts i barretes, que era bàsicament del que s'alimentava Kas, i un menú a la carta. Kas només havia tastat les delícies de la carta les poques vegades que l'havia convidada la seva amiga Nicole.

Els perols omplien la cuina de càlids vapors. Va sonar la campaneta del forn i el llum blau es va apagar.

—Està cuinant? —es va estranyar gratament Kas, mentre picava de mans.

—L'últim sopar ha de ser especial.

—Què tenim de menú?

—Guisat de saltamartins acompanyat de larves fregides i pa de grills. I per postres, piruletes d'escorpí i cucs. Ah! I galetes d'erugues, les teves preferides des de petita!

—Oooh! Em fa venir salivera! —Kas tenia ben poques oportunitats de tastar aquelles menges tan delicioses—. Ho ha comprat a la Urbanització? Es deu haver gastat un dineral!

—Nooo! Al mercat negre —va dir, abaixant la veu—. És més barat.

El mercat negre es nodria bàsicament del menjar que els empleats domèstics «distreien» de les cases on servien.

La mare de Kas va arribar acompanyada de Robbie. Ella i la senyora Hipàtia es van fer una llarga abraçada, un costum d'abans de la Reconstrucció. Kas només feia abraçades a la seva mare, i només quan l'hi obligava. Era un costum que no li agradava gens; no li agradava que la toquessin.

—Et trobaré a faltar, Hipàtia —li va dir la mare, emocionada.

—I jo a vosaltres —va dir eixugant-se les llàgrimes—. Ara a sopar!

Les pantalles de la casa van projectar un cel estrellat, el preferit de la mare i de la senyora Hipàtia. Kas mai no havia vist un cel així, això eren coses del passat, d'abans de la Reconstrucció. El cel d'ara sempre era igual: blau, il·luminat per un sol artificial, un reactor de fusió nuclear, que proveïa d'energia la ciutat. A les vuit del vespre s'apagava i llavors el cel esdevenia blau fosc i era il·luminat per una lluna artificial. Era una manera d'estalviar fanals. La lluna podia il·luminar fins a 200 quilòmetres, i cada ciutat tenia la seva. El que no hi havia eren estrelles ni núvols: eren coses del passat. El cel d'ara era pur i net, estàtic i estètic, sota una gran cúpula que els protegia de la contaminació exterior.

—No sé què hi trobeu. A mi no m'agrada aquesta imatge, és molt avorrida —va protestar Kas, que s'estimava més una llista de reproducció d'imatges que anessin intercanviant-se. Era més entretingut.

—Ens agraden les estrelles —va dir la senyora Hipàtia.

—Al Paradís es veuen les estrelles? —va preguntar Kas, encuriosida.

La mare va arrufar el nas, i per uns moments les dues dones van restar en silenci.

—I tant! I la lluna! I el sol! —va exclamar la veïna.

La mare continuava sense dir res; semblava malhumorada. Kas ho va atribuir al seu oblit de la compra. Tot d'una es va sentir un girar de mecanismes ben engreixats i una veu metàl·lica va dir unes paraules que no tenien accent ni entonació:

—Supermercat informa: 30 *unlikes* penalització retorn compra. Supermercat informa: 30 *unlikes* penalització retorn compra —va repetir Robbie.

Kas li va donar una puntada de peu, dissimuladament, per sota de la taula.

—Ui! —va protestar Robbie.

—Deixa Robbie, ell no en té cap culpa. Ja en parlarem en arribar a casa, ara estem de celebració —li va dir la mare mirant-la fixament als ulls.

Kas va abaixar la vista avergonyida i va descartar aquell moment per parlar de la seva estada a la City.

—Tinc diverses coses que m'agradaria que fossin per a vosaltres. No és gaire… —va dir la senyora Hipàtia, intentant canviar de tema—. A més, tinc 3.000 *likes* i uns quants diners estalviats.

—Oooh! —va exclamar Kas. Una espurna d'esperança va aparèixer sobtadament als seus ulls. Eren exactament els que li calien per anar a la City.

—Moltíssimes gràcies! No saps la falta que ens fan. He de pagar uns extres dels estudis de Kas.

—Uns extres? —va preguntar Kas, il·lusionada, pensant-se que es referia a l'estada a la City.

—Sí, no sé què d'uns hologrames.

—Creia que et referies a l'estada de final de curs.

—La de la City? Ho he mirat, però, Kas, em sap greu, no tinc tants diners, ni *likes*. És una qüestió de prioritats: necessitem un oxigenador nou.

L'aigua era un bé molt preat i car. A la Urbanització, igual que a la City, hi havia aigua corrent; a la Fàbrica no, no se la podien pagar. Es proveïen de dipòsits d'aigua instal·lats a les cases. Per a la roba i la higiene personal utilitzaven l'oxigenador, un aparell molt útil que rentava sense aigua.

—Ho entenc, no pateixis —va dir Kas, acotant el cap. La seva veu tenia un accent descoratjat; estava acostumada a les renúncies.

Malgrat tot, era conscient que era una privilegiada; poques persones de la Fàbrica tenien l'oportunitat d'anar al Centre d'Estudi. Ella ho feia gràcies als esforços de la mare, que es deixava la pell muntant robots perquè la filla tingués un futur millor que el d'ella.

—I ara les postres! —va anunciar la senyora Hipàtia, amb una safata blava plena a vessar de galetes calentones, acabades de sortir del forn, galetes d'erugues, les preferides de Kas.

—Mmm! Abans de la Reconstrucció menjàveu sempre així? —va preguntar Kas, amb la boca plena de galetes d'eruga i menjant amb avidesa. Tot era deliciós.

—Bestioles?! Nooo! —va exclamar la senyora Hipàtia—. A mi m'agradaven molt les galetes de xocolata.

—Oooh! Jo en vaig tastar una vegada de molt petita. Eren ben bones —va dir la mare. Era agradable recordar aquells bons dies, els primers i feliços dies de la infància.

—Xocolata? —va preguntar Kas, estranyada.

—Una delícia per al paladar que no es pot explicar —li va dir la senyora Hipàtia.

—Potser al Paradís hi ha galetes d'aquestes —va dir Kas.

I es va tornar a fer el silenci.

—Sí, potser sí —va dir en veu baixa la senyora Hipàtia.

—I com era la vida abans? —va preguntar Kas, encuriosida.

—Abans? —li va tornar la pregunta la senyora Hipàtia.

—Abans de la destrucció, abans de la Reconstrucció. Ho he preguntat al professor Nèstor, però com que era el final de la classe no m'ha pogut respondre.

—Diferent —va dir la mare, i aquí va acabar l'explicació. No estava ben vist parlar del passat. El suggeriment obligatori era parlar sempre del present i d'un futur molt millor.

Van passar una vetllada meravellosa, la darrera amb la senyora Hipàtia. Quan es van acomiadar, va veure llàgrimes als ulls de la seva mare.

—No estiguis trista —li va dir Kas, intentant consolar-la—. La senyora Hipàtia se'n va al Paradís a retrobar-se amb el senyor Eryx.

La mare no li va respondre, la va abraçar amb força i li va omplir la cara de petons. A Kas, aquestes mostres d'afectivitat la molestaven força, però, en veure la mare tan trista, la va deixar fer.

Kas es va ficar al llit neguitosa, no només per la senyora Hipàtia. Pensava i pensava la fórmula per aconseguir els diners i els *likes* per poder anar a l'excursió a la City.

—I a tu, Robbie, no se t'acut res?

Robbie va fer uns sorollets metàl·lics.

—Val més que descansem, ha estat un dia molt llarg i ple d'emocions. Ja hi pensaré demà.

Robbie la va obeir i molt a poc a poc es va traslladar fins a la seva zona de recàrrega de bateria. Va sonar un xiulet i es va encendre un llum blanc i, llavors, es va desconnectar. Kas va apagar els llums i va donar unes quantes voltes al llit fins que es va adormir.

⅄⅄⅄

Encara no havia sortit el sol quan un autocòpter va aterrar, amb sigil, al terrat de l'edifici de Kas. Era extremament silenciós, transportava un home i una dona vestits escrupolosament de blanc. Van entrar a l'ascensor i van prémer el 101. L'ascensor no es va moure. La dona el va tornar a prémer, davant la cara d'estupefacció de l'home, sense cap èxit. L'home, nerviós, va començar a prémer tots els botons, i de cop l'ascensor va començar a descendir i a aturar-se en cada un dels pisos.

—Molt intel·ligent —li va dir la dona mirant el *rein*.

I en arribar al 101 no es va aturar.

—Què passa? —va preguntar l'home.

—No ho sé.

L'ascensor es va aturar al 100.

—Val més que sortim i que pugem a peu —va suggerir la dona.

No els va caldre trucar; la senyora Hipàtia els esperava a la porta.

—No du equipatge? —es va estranyar l'home.

—On vaig no em cal —va dir ella mirant-lo directament als ulls, mentre es col·locava el gastat suèter blau sobre les espatlles escanyolides.

L'home va abaixar la vista i es van tornar a dirigir cap a l'ascensor. La senyora Hipàtia va tancar amb cura la porta de casa seva, conscient que mai més no la tornaria a obrir.

—Haurem de pujar al 102; aquí no s'atura l'ascensor —va dir la senyora Hipàtia.

—I això? —va preguntar la dona.

La senyora Hipàtia va arronsar les espatlles.

—Somrigui! —li va dir la dona, apuntant la senyora Hipàtia amb el *rein*.

La senyora Hipàtia va dibuixar una ganyota. Li va fer un munt de fotos, va triar la que li va semblar millor, hi va fer uns quants retocs i la va penjar a les xarxes socials. Tothom havia de veure com de feliç viatjava la gent al Paradís.

L'autocòpter va sortir disparat cap amunt, cap al buit de la nit, i els va conduir cap a l'estació. Havien noliejat un tren càpsula especial que els duria a la Zona Z, la zona prohibida, una gran extensió entre la Urbanització i la City, una zona restringida on només es podia anar amb un permís especial. Allà els esperava un avió que els conduiria al Paradís.

La senyora Hipàtia va baixar amb lentitud, vacil·lant, pàl·lida i estremida. Era la primera vegada que muntava en autocòpter. Que fos automàtic, sense conductor, li havia produït molta desconfiança.

L'andana era plena a vessar de viatgers al Paradís. Alguns anaven carregats amb un munt d'embalums, arrossegaven afanyosament paquets i caixes voluminoses; d'altres, com la senyora Hipàtia, no duien equipatge. El silenci es tallava amb un ganivet. De sobte, es van sentir unes veus; era una dona que cridava. La senyora Hipàtia no va poder arribar a veure-la entre la multitud que s'havia arremolinat al seu voltant. Un eixam de drons sobrevolava la zona, quan de cop i volta els androides de l'Andropol, la policia de seguretat, que tothom anomenava *andros*, van obrir un passadís i se la van endur, davant les cares estranyades de la gent, que no comprenien què passava. La calma va tornar a l'andana.

Quan el tren va entrar a l'estació, els *andros* situats a certa distància del tren van obrir un camí ample i clar per a la multitud. Conduïa directament a les portes de les càpsules del tren. N'hi havia de diversos tipus, des de les més luxoses fins a les econòmiques amb capacitat per a sis viatgers, que s'havien d'acomodar en seients disposats en fila. De mica en mica, tots van anar ocupant els seus compartiments al tren.

La senyora Hipàtia va seure entre una parella que parlava animadament i un home amb la cara molt apesarada.

—Bon dia! Soc Hipàtia —es va presentar, mirant-lo fixament als ulls.

—El meu nom és Eudor —va dir ell amb el cap cot, pàl·lid i els llavis tremolosos.

—Què li passa? —es va interessar la senyora Hipàtia.

—Em sap molt greu separar-me de la meva dona —va confessar l'home. Ara sí que la mirava a la cara.

—No pateixi, aviat es reunirà amb ella.

L'home va apuntar un adolorit somriure d'impotència.

El tren càpsula es va posar en marxa a tota velocitat. La senyora Hipàtia, pensativa i malenconiosa, mirava la pantalla del sostre, que reproduïa el paisatge exterior, imatges que l'havien acompanyada al llarg de la seva vida. Van travessar la Urbanització i de seguida es van endinsar a la Zona Z. Androides hostes amb vestits jaqueta de color blanc i un somriure de dentifrici dibuixat al rostre repartien còctels de color blau elèctric als viatgers. El tren va minvar la marxa fins que es va aturar. De sobte, es van apagar els llums i es van quedar a les fosques. Es va fer un gran silenci.

La senyora Hipàtia va agafar la mà al senyor Eudor.

728 *LIKES*

Nicole es va connectar a la pantalla de l'habitació de Kas molt d'hora. Encara dormia. Robbie va cobrar vida tot d'una, va fer sonar un xiulet i el llum blanc es va convertir en blau.

—Dorms?

—No, ara no! M'has despertat! —va protestar Kas—. Es pot saber què et passa?

—Gran notícia! Saps la selfie que m'he fet a dalt del sostre del tren bala? Aetos m'ha fet un *like*! —Nicole es mostrava triomfal.

—I això és tan urgent que no podies esperar a dir-m'ho d'aquí a una estona a classe?

I la foto va aparèixer a la pantalla. Kas encara no l'havia vista.

—Sembla perillós! Quan te l'has feta? —va preguntar Kas fregant-se els ulls per treure's la son.

—Ahir, amb un grup de classe vam anar a fer-nos unes selfies. Aquesta nit volem venir a la Fàbrica per fer-nos una selfie a dalt de tot. Vens?

—A dalt de tot? Però això són quilòmetres d'altura! —va exclamar Kas.

—Sempre tan poruga. Vinga, una vegada que vinc a casa teva. —Nicole desafiava la seva amiga amb els ulls i el to de veu.

Això era cert. Kas visitava sovint la casa de Nicole a la Urbanització, però Nicole mai no havia anat a casa seva, a la Fàbrica; els pares li ho tenien prohibit.

—I els teus pares ho saben?

—Ets boja! —Nicole va moure negativament el cap—. Ho farem d'amagat. Què fas? T'hi apuntes? Tu coneixes l'edifici millor que nosaltres.

—M'ho pensaré.

Era un suggeriment obligatori no pujar al terrat de la Fàbrica i, és clar, al sostre del tren bala. Però els amics de Nicole passaven el temps lliure fent aquelles bogeries; eren divertits. Tot i això, Kas no els acompanyava mai, no se sentia còmoda fent aquelles coses.

—Es pot saber per què hem canviat de tema? El noi més guapo de tot el món mundial m'ha fet un *like*!!! —va exclamar Nicole, que quan parlava descobria les dents immaculadament blanques.

—Sí, ja ho has dit. I?

—Que no sé què fer. Li faig un *like*? O mostraré massa interès?

—A tu que et sobren els *likes*! Fes el que et vingui de gust. Mira'm a mi: no tinc ni *likes* ni diners per poder anar a la City.

—Ja estem parlant una altra vegada de tu!

—Perdona —es va disculpar—. La selfie és molt bufona, i m'alegro molt per tu que Aetos t'hagi fet un *like*. Si jo fos de tu, esperaria una mica a fer-li un *like*.

—Tens raó, que no sembli que hi estic interessada.

—Això mateix. I ara puc dormir una mica més?

—Vindràs?

—On?

—Aquesta nit és nit de selfies! Aetos vindrà!

—La mare no em deixa sortir a la nit.

—Digue-li que vens a dormir a casa meva.

—No m'agrada mentir-li.

—No ho faràs. En acabar vindràs a dormir! Pensa que si les selfies són molt boniques pots aconseguir un munt de *likes*.

—Els suficients per anar a la City?

—Qui sap! —i Nicole li va picar l'ullet.

—I els teus pares?

—Aquesta nit surten a sopar. És un pla perfecte! —va dir picant de mans. De cop va desaparèixer i la pantalla es va apagar, però només uns instants perquè es va tornar a engegar. Era la seva mare.

—En aquesta casa no hi ha cap intimitat! —va protestar Kas.

—Bon dia, Kas! Encara ets al llit? Vinga, vesteix-te que has d'anar a recollir la compra!

—Ara mateix —va dir Kas sense atrevir-se a protestar.

—Per cert, avui arribaré tard a casa. No m'esperis per sopar. Ha vingut una nova partida d'*andros*. Els he vist i és gairebé impossible distingir-los de les persones. On anirem a parar! Però és una bona ocasió per aconseguir més diners i més *likes*. Ens paguen un plus per ser una qüestió de seguretat. Falta ens fan!

Kas ja no sentia la seva mare. El seu cap anava com unes debanadores buscant l'excusa per poder acompanyar Nicole i tota la colla a fer-se les selfies a la Fàbrica. Era una oportunitat per aconseguir *likes* i també per ser una mica més popular. Fins ara, en aquesta darrera comesa, tot i que s'hi esforçava, no havia tingut gaire èxit.

—Puc dormir a casa de Nicole? He quedat amb ella després de classe per fer un treball i, si tu no vens a sopar, em puc quedar a casa seva.

La mare va rumiar uns instants. No li agradava que la filla dormís fora de casa, però tampoc no li agradava que passés tot el dia sola. Finalment hi va accedir.

—Ets la millor mare del món mundial! —va exclamar Kas.

—T'he de deixar. Passa un dia feliç i meravellós. Ah! Posa't la roba adequada per anar al Centre d'Estudi —va dir la mare, dibuixant un ampli somriure. Va desaparèixer i la pantalla es va fondre en blau fosc.

I de sobte la pantalla es va engegar una altra vegada i van sortir projectades imatges similars als senyals viaris de prohibició en què apareixien dibuixos de persones fent-se selfies en situacions perilloses, com ara a dalt del tren bala o enfilades al terrat d'un edifici.

Kas s'estirava, pensativa, el lòbul de l'orella. Es va quedar mirant fixament Robbie. Sabia perfectament que era ell qui havia projectat totes aquelles imatges.

—Ets un talla-rotllos, Robbie! —li va dir llançant-li una sabatilla.

—Ui! —va exclamar Robbie quan la sabatilla va xocar amb el seu cos metàl·lic.

El petit robot va començar a girar a poc a poc en el sentit de les rodes que el dirigien tímidament al llit de Kas. Ella el va recollir i el va estrènyer contra el pit com si fos un coixí mentre l'acariciava.

Kas va tornar a posar la selfie de Nicole a la pantalla. Se la va quedar mirant com hipnotitzada. A ella i als seus amics els agradava córrer per edificis sense arnès, protocols o lleis, una pràctica popular entre els adolescents de la Urbanització; en deien *rooftopping*. Eludien les mesures de seguretat dels edificis més alts per fer, un cop al cim, una selfie. Potser era temeritat, desafiament, inconsciència o avorriment. El petit cos de Nicole vacil·lava en l'abisme en milers de fotos, i tot per un *like*.

I de cop va tornar en si. Havia d'anar a recollir la compra abans d'anar al Centre d'Estudi si no volia ficar-se en un bon embolic.

En sortir de casa, es va quedar mirant la porta de la senyora Hipàtia, feia dos mesos que havia marxat. Un estrany regust amarg li va venir a la boca. Per uns instants, no li va semblar tan fantàstica la idea del Paradís. Per què no es podien tornar a veure? Magnus no podia buscar una altra fórmula per no allunyar aquestes persones dels seus éssers estimats? Va pensar en la mare. Tot i que encara faltava molt, la idea de separar-se'n i no tornar-la a veure no li agradava gens. El Paradís podia ser un lloc tan fabulós sense la gent que més estimaves? Tot eren interrogants a la ment de Kas. Una esgarrifança li va recórrer el cos.

⅄ ⅄ ⅄

El grup es va reunir en una zona poc il·luminada de l'edifici A de la Fàbrica. Era l'elegit per Kas; la seva mare treballava al B i no hi volia ensopegar. Tots anaven vestits amb granotes de treball de color blau fosc, amb una dessuadora del mateix color amb cremallera i una caputxa que els cobria el cap. Haurien semblat treballadors si no fos per la pulcritud de la roba.

L'edifici A planava sobre ells, gran, solemne i ferm, una ominosa forma negra que es retallava contra el cel sense estrelles. Tots els caps van mirar cap amunt, intentant albirar el terrat. Era impossible: feia més de dos quilòmetres d'alçada. Eren uns tres-cents pisos, i quedava descartat pujar-hi a peu. Els ascensors principals arribaven al terrat en menys de deu minuts, però quedaven també exclosos perquè podien ser descoberts pels drons de seguretat.

—Seguiu-me! —va ordenar Kas. Coneixia aquells edificis com si fossin casa seva; s'hi havia criat i des del seu naixement hi anava cada dia. Les treballadores de la Fàbrica podien anar a la feina acompanyades dels fills, tenien escola bressol i estudis de primària. Hi havia jocs, menjadors per als més petits i fins i tot bressols i llitets—. Podem pujar pels muntacàrregues del soterrani. Així podem esquivar la vigilància.

Primer van haver de travessar, sense ser vistos, les grans naus que ocupaven les primeres plantes. A l'interior, hi treballava un exèrcit embrancat sense descans en una tasca tediosa. A les cadenes de muntatge, els empleats feien el mateix gest milers de vegades. En els primers temps de la Reconstrucció, aquestes feines les feien robots i les persones les supervisaven, però aviat es van adonar que els robots podien fer feines més qualificades i van canviar les tornes. Els humans treballaven i els robots supervisaven; així hi havia més llocs de treball.

Un silenci aclaparador trencat només pel brunzit dels ventiladors inundava la planta baixa de les instal·lacions i la llum dels fluorescents omplia la sala. Un eixam d'obrers muntaven els robots, que es desplaçaven sobre una cinta d'un lloc a un altre. Treballaven en les línies de producció: soldaven cables, provaven circuits impresos, ajustaven components, calibraven pantalles. El silenci era un suggeriment obligatori. Les càmeres dels drons els vigilaven de ben a prop.

Kas va engegar el seu *rein* en mode llanterna i va il·luminar un tram d'escala al final de la qual es veia una porta d'acer.

—Vinga! —els va indicar Kas, i tots plegats van començar a baixar els esglaons.

Van arribar a la porta d'acer. Seguien Kas amb cautela. Nicole va examinar la porta. Era tancada. Necessitaven una contrasenya.

—I ara què? —va preguntar Nicole.

Kas va marcar uns números en el teclat de la porta, que es va obrir silenciosament com per art de màgia.

—Fa anys que ningú no s'ha preocupat de canviar el codi —va dir Kas, somrient.

Van iniciar la marxa cap a una escala que conduïa als muntacàrregues del soterrani. Caminaven en silenci, sense cap altre so que el de les seves passes. Es van endinsar en uns passadissos il·luminats dèbilment per uns llums blancs que feien pampallugues. Els joves seguien Kas per una teranyina de corredors que es perdia al lluny en totes direccions. Van arribar al primer muntacàrregues, que els va dur fins al tercer nivell. L'elevador va prendre impuls i va pujar ràpidament més de cent pisos acompanyat d'un breu clic en cada pis. Un brunzit, després d'un espetec, i les portes es van obrir de cop. En sortir, van girar cap a l'esquerra i van avançar per un llarg passadís. Kas es va aturar al peu d'una escala de mà, va aixecar un braç perpendicularment i, després, el va abaixar i va assenyalar cap endavant. Tots van fer el que Kas els havia indicat amb senyals. Van grimpar per l'escala i van creuar un llindar que donava accés a una sala llarga i estreta, molt fosca. Del costat oposat de la sala, s'obria una altra porta a través de la qual s'arribava a un altre muntacàrregues que els duria fins a un altre nivell. Aquell edifici era gran, molt més gran del que semblava per fora; plantes i nivells subterranis se succeïen sense parar.

I de muntacàrregues en muntacàrregues, sense aturar-se, superant els obstacles que trobaven pel camí, únicament valent-se del seu cos, corrent, saltant, escalant amb un traçat fluid i efectiu, van aconseguir arribar a l'últim tram. Ara els quedava la part més difícil; els muntacàrregues no arribaven al terrat.

Els seus cors bategaven amb rapidesa, presos d'una nerviosa excitació. Gairebé havien arribat. Va començar l'acció. D'un salt van esquivar el buit; després, amb la punta dels dits es van agafar de la barana de l'edifici. A poc a poc van anar escalant una canonada, trobant suport per als peus on no semblava haver-hi res. En només vint minuts, sense arnès, sense cordes i sense xarxes protectores van escalar els dos-cents metres que els faltaven per arribar al cim de l'edifici, aferrant-se a qualsevol relleu només amb les mans i els peus. A Kas li va costar una mica més. Havia d'aturar-se a agafar aire i, a més, necessitava ajut en els trams més difícils. Ella no estava entrenada per a aquestes coses.

Finalment, van aconseguir l'objectiu. Kas va fer una aspiració profunda, va aixecar els ulls al cel, va mirar cap a l'horitzó fosc i, després, la cara de Nicole.

—Que bonic! —va exclamar satisfeta, amb les mans a la cintura.

La vista, tot i ser de nit, era espectacular. El món s'empetitia als seus peus. Es veia la Urbanització i, fins i tot, l'obelisc de formigó armat il·luminat de la City, que s'aixecava majestuós cap al cel. Només hi faltaven les estrelles que tant els agradaven a la mare i a la senyora Hipàtia.

Nicole es va treure la dessuadora i la granota blava i es va posar un minivestit espectacular de color blau cel, del mateix color que s'havia pintat els llavis. No podia sortir de qualsevol manera en les fotos. Amb uns talons d'infart, va caminar temeràriament per una de les cornises.

Kas va avançar unes passes i va arrufar les celles.

—Ves amb compte, és perillós —va advertir una mica espantada a Nicole.

Però ja ningú no la sentia. Tots estaven massa ocupats rient i fent-se selfies, fotos i vídeos sense parar amb els *reins*. Tot d'una, Aetos va retrocedir una mica per recolzar-se sobre un peu; va respirar profundament i, amb un salt net, va arribar a una cornisa i va fer mitja tombarella enlaire, sense parar de fer-se selfies. Tots l'aplaudien i el gravaven amb els *reins*. Ho va repetir una, dues, tres vegades, quan, de sobte, en intentar tornar al terrat, els peus li van relliscar per la paret vertical metal·litzada i va caure al buit. Va desaparèixer en la negror.

Nicole va fer un crit esgarrifós i va córrer cap al buit. Van quedar paralitzats. Kas es va estremir. Se li va regirar l'estómac. Havia quedat petrificada, incapaç d'apartar la vista del buit, com hipnotitzada. De cop van veure com des de baix pujaven uns drons enormes amb el cos d'Aetos penjat: l'havien caçat al vol. No semblava que s'hagués fet mal, somreia i es feia selfies amb els drons, que lentament, majestuosament, amb un feble brunzit de maquinària seguien avançant. Sonaven penetrants sirenes d'alarma. Van començar a córrer en totes direccions. Crits i ombres van sorgir pertot arreu.

El cor de Kas es va encongir; tremolava amb violència. Finalment, va aconseguir recuperar el control.

—Nicole! —va advertir Kas a l'amiga, i aquesta la va seguir per fugir dels drons.

Van baixar per unes escales i es van precipitar a l'interior de l'enorme edifici. Avançaven per un tenebrós passadís i sentien l'eco de les seves passes. Els perseguidors les estalonaven. Corrien i corrien sense saber on anar. Nicole ho feia amb molta dificultat. Els enormes talons no la deixaven avançar i, a més, parlava al seu *rein* mentre gravava tot el que passava.

—Vinga! —la va apressar Kas.

—No puc anar més de pressa —es va lamentar Nicole.

—Descalça't i para de mirar el *rein*!

—Que em descalci? Tu has vist com està el terra —va dir il·luminant-lo amb el *rein* i fent cara de fàstic.

—Però què fas?! —Kas es va aturar tota enfadada. Va tornar enrere i es va dirigir amenaçadora a la seva amiga—. Treu-te-les o ho faig jo.

De mala gana, Nicole es va descalçar. Totes dues van agafar aire i van tornar a córrer.

A Kas li va semblar veure una projecció en una de les portes dels passadissos. Era petita i dibuixava mig arc d'uns colors que no havia vist mai. Els seus ulls es van obrir de bat a bat. Va parpellejar diverses vegades. Instintivament, va pressionar la porta amb les puntes dels dits i es va obrir cap endins. La projecció va desaparèixer. Era una petita habitació amb productes de neteja; semblava un traster. Hi van entrar i van tancar la porta.

—Apaga el *rein* —va ordenar Kas a Nicole, mentre ella apagava el seu.

—Per què? —va protestar Nicole, com si fos una nena petita.

—No veus que els drons ens poden localitzar? Si ens agafen, hem begut oli!

—Tan greu és?

—És clar! Ens estan buscant els de seguretat de la Fàbrica, els drons i, de ben segur, els *andros*. Només em faltava això! —es va lamentar Kas.

Nicole es va passar la mà pels ulls i va sospirar. La seva veu es va fer monòtona i queixosa:

—Si sabessis tot el que he hagut d'aguantar últimament... Els meus pares estan insuportables, m'han abaixat la setmanada i, si s'assabenten del que hem fet, potser em quedaré sense. Fins i tot m'han amenaçat de deixar-me sense crèdit. T'ho pots creure?

Kas la va mirar directament als ulls, com feia la seva mare quan s'enfadava. Nicole, defugint la mirada, es va posar vermella, violentament molesta. No era de bona educació mirar d'aquella manera. Va abaixar la vista, però no li va dir res, no tenia paraules. Al cap de pocs segons, Nicole va deixar anar una rialleta nerviosa, es va esforçar per trobar alguna cosa a dir, però no la va trobar. Kas apreciava Nicole, eren bones amigues, però no podia suportar la seva superficialitat.

—Què busques? —va preguntar Nicole, estranyada, en veure que l'amiga regirava els trastos que hi havia allà guardats.

—Roba i sabates per a tu.

—Aquí?

—Sí, hi guarden els productes de neteja, de segur que... Ho sabia! —va exclamar victoriosa amb unes sabatilles velles i estripades i una granota plena de taques de greix a la mà.

—No deus pretendre que em posi això?!

—I tu no deus voler córrer amb aquest vestit i descalça?

De mala gana, Nicole es va calçar i, amb cara de fàstic, es fa enfundar la granota. Totes dues van restar una bona estona en silenci. Mossegant-se el llavi, Kas clavava els ulls a terra; havia encreuat els braços i s'inclinava cap endavant i cap endarrere, intentava centrar-se i pensar. Nicole, més pràctica, seia a terra. El silenci queia pesadament i Kas sentia la tensió gairebé com una calor excessiva, insuportable. De cop, va centrar la mirada en la porta. Una cosa es movia a fora. El cor li bategava amb fúria.

—Crec que hi ha algú a la porta —va xiuxiuejar Kas. Va travessar la petita estança de puntetes i va parar l'orella. Tenia els sentits en estat de màxima alerta. Amb infinites precaucions, va obrir la porta mig centímetre i va mirar per l'escletxa. La visió del corredor buit la va tranquil·litzar una mica. Va obrir-la una mica més i va treure el cap.

—Kas. Kas. Kas.

Aquella veu metal·litzada i estrident li era familiar.

—Robbie! —va exclamar—. Què fas aquí?!

—Segueix-me. Segueix-me. Segueix-me —li va dir, i va projectar una fletxa indicant el camí.

—Espera. Nicole és amb mi.

—Nicole, no. Kas i Robbie. Kas i Robbie.

Nicole el va mirar amb mala cara.

—No diguis bestieses. Vinga, Nicole, marxem! —va dir resolta Kas.

—Et refies d'aquest trasto? Tu mateixa has dit que no funciona bé.

Robbie va fer unes voltes i un soroll desagradable en senyal de protesta.

—No discutiu, no és el moment.

Van seguir Robbie pels passadissos del soterrani de la Fàbrica per fugir dels drons i dels *andros*. De sobte, Robbie es va aturar en un encreuament i va començar a fer voltes com una baldufa.

—Què passa, Robbie? —va preguntar Kas, estranyada.

—Per aquí. Per aquí. Per aquí —repetia Robbie amb la veu metàl·lica assenyalant cap a totes direccions.

—Ja t'he dit que és un trasto! —va exclamar Nicole.

—Si us plau! No és el moment —va dir Kas mentre clavava una manotada a Robbie.

—Ui! —va exclamar Robbie. Després va començar a arremolinar-se. Recorria el terra a sacsejades, com si fos un gegantí escarabat atrapat, i en un moment donat va canviar bruscament de direcció, es va llançar cap a la paret i es va aturar.

—S'està reiniciant! Només ens faltava això! —va exclamar Nicole.

—Silenci! —va ordenar Kas—. Deixa'm pensar. —Estava confosa. No podia trobar el camí a través dels corredors. Es va aturar, va respirar profundament i va intentar orientar-se.

Els drons s'apropaven. Sentien com els passos dels *andros* s'aproximaven des de l'extrem del passadís. Van retrocedir mirant desesperadament al seu voltant. De cop i volta, Kas va veure una altra vegada la projecció d'aquell estrany mig arc en un dels corredors.

—És per aquí! —va exclamar, agafant Robbie en braços i començant a córrer.

—Com ho saps?

—No preguntis.

Corrien i corrien seguint les estranyes projeccions. De sobte, una forma va sorgir davant seu. Kas es va aturar i va contenir l'alè. Li va semblar veure en la foscor un dels seus companys. Es va alegrar de saber que no eren les úniques que havien aconseguit fugir. Estava d'esquena. Ella s'hi va apropar; no era cap dels seus amics. Per una fracció de segon, les seves mirades es van encreuar. En la foscor només va poder albirar uns ulls desconeguts, molt blaus, que miraven fixament els seus. Un calfred va recórrer el cos de Kas. Instintivament, el va seguir. L'estrany els va conduir fins a un muntacàrregues, que va sorgir des de les entranyes de l'edifici. Després, es va allunyar i va desaparèixer per un passadís lateral.

Per uns moments van dubtar de pujar al muntacàrregues, però sentien com els *andros* i els drons s'acostaven. Els passadissos d'emergència s'anaven segellant sistemàticament. Finalment, hi van entrar.

—Qui és? —va preguntar Nicole.

—No ho sé, no li he vist la cara.

L'elevador va frenar i les portes es van obrir. Un rètol blau que centellejava anunciava la sortida. Van mirar a esquerra i dreta i no van veure ningú. Van córrer cap allà a la velocitat que els permetien les cames, van baixar un tram d'escala i van sortir a un carreró fosc. Durant un moment van quedar immòbils a la vorera per recobrar l'alè. Finalment, eren a l'exterior, fora de l'edifici.

Les dues noies caminaven a bon pas pels carrers foscos, sense córrer per no aixecar cap sospita, amb els ulls clavats a terra, sense mirar enrere. Sentien al lluny les alarmes de la Fàbrica. Passaven homes i dones, pocs. Rostres cansats, ombrívols, gent que tornava de la feina a casa. Ningú no els va prestar atenció.

Van aconseguir arribar sanes i estàlvies fins a l'edifici de Kas. Van agafar l'ascensor fins al 102 i van baixar a peu fins al 101. Fileres de portes tancades flanquejaven el llarg corredor a esquerra i a dreta.

—És per despistar els drons i els *andros*? —va preguntar Nicole, encuriosida.

—No, l'ascensor no s'atura al meu pis.

—No heu pagat el rebut de la comunitat?

—L'ascensor no funciona.

—Ja heu cridat els de manteniment?

—No hi ha manteniment en aquestes finques.

—No comprenc res —va dir Nicole amb decisió, determinada a conservar intacta la seva incomprensió—. Res —va prosseguir en un altre to—. Hauríeu de contractar els seus serveis. Si vols ho pregunto als meus pares i et passo el contacte dels nostres. Ho fan molt bé.

La proposta de Nicole no va obtenir resposta. Kas va rebufar cansadament.

Van entrar a l'apartament i, després de tancar la porta, les dues noies van sospirar alleujades.

—Tens un apartament per a tu sola? —va preguntar Nicole, que seguia instal·lada en la seva ignorància.

—Com? Aquí vivim la meva mare i jo.

—M'agrada —va dir Nicole mentre recorria l'apartament amb les mans ficades a les butxaques de la granota blava i una expressió de desgrat que no concordava amb les seves paraules—. És molt petit, però és pràctic. Així necessiteu poques persones de servei.

—No tenim persones de servei.

—Què teniu, un d'aquests robots domèstics?

—No.

—I qui fa les coses de la casa? Robbie? —va preguntar Nicole, sorpresa en veure que el robot no tenia peus ni braços.

—La mare i jo.

—Ah! Molt pràctic!

—Sí, molt pràctic —va repetir Kas, fastiguejada.

Robbie va fer un dels seus sorollets en solidaritat amb Kas. Ja havia tornat en si. De seguida van engegar els *reins* i van intentar connectar-se amb els amics. No n'hi havia cap notícia.

—Robbie, saps res dels nostres companys?

El robot va rastrejar les xarxes i les notícies, però no en va trobar res.

—No. No. No —va repetir Robbie.

—Vols dir que aquest trasto fa bé la seva feina? —va preguntar Nicole.

—Et recordo que ens ha salvat la vida.

—No siguis exagerada. A més, ha quedat com aturat enmig de la fugida. —De cop, Nicole va observar la roba que portava i li van venir arcades—. On és el bany? M'he de dutxar urgentment i necessito roba i sabates.

—L'oxigenador és allà mateix —va dir indicant la porta a Nicole.

—No teniu dutxa?

—No.

—Ah! —i va desaparèixer darrere la porta de l'oxigenador i de seguida va tornar a aparèixer—. Com funciona aquesta cosa?

Robbie va fer un sorollet.

Amb molta paciència, Kas va ensenyar a l'amiga com funcionava l'oxigenador. Finalment, una vegada totes dues es van haver agençat una mica, van seure per recapitular tot el que havia passat.

De cop, la porta es va obrir; era la mare.

—Què feu aquí?

—I tu?

—Ha passat alguna cosa a la Fàbrica i ens han enviat cap a casa.

—Però ha estat greu? —va preguntar Kas, intentant dissimular el seu nerviosisme.

—No ho sé. Té a veure amb la seguretat.

—Potser és un simulacre —li va dir Kas.

—No ho sembla. Però encara no m'heu dit què feu a casa.

—Ja sap com té el cap Kas. S'ha oblidat material per al treball i hem hagut de venir a buscar-lo. I una vegada aquí hem començat a fer feina —li va explicar Nicole.

—Ara parlaré amb els teus pares. Val més que et quedis a dormir. No saps com estan els carrers, plens d'*andros* i drons —li va dir la mare.

—No! No pateixi. El meu pare ja m'ha enviat un transport privat. No trigarà —va mentir Nicole. Evidentment, el seu pare no sabia res d'aquella aventura. Era ella mateixa qui havia demanat el transport.

—Però Kas no t'ha ofert res per menjar? Que et ve de gust, barretes o batuts?

—No m'agraden gaire aquestes coses, són massa artificials i intento alimentar-me de la manera més natural possible. No té menjar de veritat? —Amb tanta aventura, a Nicole se li havia obert la gana.

—I tant! Tenim galetes d'erugues que ens van sobrar del sopar de la senyora Hipàtia.

Kas va mirar la seva mare en senyal de desaprovació.

—La senyora Hipàtia? —va preguntar encuriosida Nicole.

—Sí, la nostra veïna ha marxat al Paradís —la va informar Kas mentre la mare li oferia les galetes.

—I els teus avis quan se'n van? —li va preguntar Kas—. Ja deuen ser grans.

—Els meus avis de moment no marxaran al Paradís —va dir Nicole amb la boca plena de galetes.

—No? I això? —es va estranyar Kas.

La mare no deia res.

—El meu avi té un lloc molt important aquí a la Fàbrica i ha decidit continuar treballant. És molt generós, perquè a partir dels setanta anys ja no cobres cap salari. Si et vols quedar, has de pagar una quantitat al mes i em sembla que són molts diners. Però els meus avis han decidit tots dos, per responsabilitat, continuar servint la Reconstrucció i Magnus i renunciar al Paradís —va dir. I va mastegar, es va empassar rítmicament la galeta i en va agafar una altra.

—Oooh! Quanta generositat —va exclamar Kas, impressionada.

La mare continuava en silenci.

En un tres i no res, Nicole es va acabar totes les galetes. Kas es mirava el plat buit; no n'havia pogut tastar cap. Les havia guardades en una petita cambra d'emmagatzematge de llarga durada; així podien durar anys. Les reservava per a una ocasió especial, i era evident que aquella no ho era, estranya sí, però especial no. Es va aclofar a la cadira, arrufant les celles i maleint la seva mala sort.

De cop, el *rein* de Nicole va emetre un avís.

—El meu transport! He de marxar.

—N'estàs segura? No crec que sigui prudent —la va advertir la mare.

—No pateixi, el transport és de tota confiança. És a la mateixa porta de l'edifici —la va tranquil·litzar Nicole.

—T'acompanyo! —es va oferir Kas.

—Però no surtis al carrer —li va dir la mare.

—No hi sortiré.

—Robbie, acompanya-les —li va ordenar la mare.

En sortir, Nicole es va adreçar a les escales per baixar al pis de sota.

—On vas?

—No m'has dit que l'ascensor no s'atura en aquesta planta?

—A la de sota s'atura, però només si prems el botó des de dins. Hem de pujar.

—Quina gràcia! —va exclamar Nicole.

—Sí, molt graciós —va dir com per a si mateixa Kas, molesta.

Robbie les seguia fent sorollets.

—Què els deu haver passat als altres? —es va preguntar Kas.

—En el pitjor dels casos, si els han agafat, una reprimenda i una bona multa. La sort és que a Aetos no li ha passat res.

—Sí, quin ensurt!

—Creia que no el tornaria a veure. Encara com li he pogut fer una foto mentre queia.

—Li has fet una foto?!

—Em pensava que en seria l'últim record —va dir amb la cara compungida.

⅄⅄⅄

En tornar una altra vegada a casa, la mare l'esperava asseguda a taula.

—És simpàtica la teva amiga Nicole.

—Peculiar, però simpàtica.

—No sabia que el seu avi era un capitost de la Fàbrica.

—Ni jo tampoc.

Kas responia amb frases curtes. Tenia la ment en un altre lloc. Només podia pensar en els seus amics i en el que els podia haver passat. I si els havien enxampat a tots? I si confessaven i donaven el seu nom als *andros*? Una esgarrifança li va recórrer tot el cos.

—Què tens, Kas? Fas mala cara —li va dir la mare com si li llegís el pensament.

La resposta va trigar a arribar.

—No res, estic cansada. —La veu de Kas era tènue i llunyana, com si arribés des d'un lloc remot.

—Tens gana?

—No. —Al contrari de la seva amiga Nicole, tota aquella aventura li havia tancat l'estómac.

Però la mare no li va fer cas i li va preparar un batut energètic.

—Has de menjar alguna cosa. Tinc una sorpresa per a tu —li va dir mentre li parava un plat amb galetes d'eruga.

—Oooh! Em pensava que se les havia menjades totes Nicole —va dir més animada.

—Estàs així pel viatge a la City? Ho sento, filla, et puc ben assegurar que he fet números, fins i tot havia pensat a demanar un avançament a la Fàbrica, però ni així hi arribem —li va dir la mare, angoixada.

—No pateixis, ho comprenc —va dir Kas, arrepapada a la cadira menjant-se les galetes sense esma. Aquella actitud no era normal en ella.

Es va fer un llarg silenci, que va trencar Kas:

—Abans de la Reconstrucció hi havia més colors que el blau i el blanc?

—Sí. Però quina pregunta és aquesta?

—M'ha semblat veure una projecció de mig arc amb set colors que desconec. —Kas s'estirava, pensativa, el lòbul de l'orella.

—On ho has vist, això? —va preguntar la mare, encuriosida.

—En una de les parets de l'edifici del gimnàs de l'estudi, però de seguida ha desaparegut —va mentir Kas—. Saps què significa?

—No, no en tinc ni idea —li va dir la dona amb la veu nerviosa.

La mare va mirar amb gravetat la filla. No va dir res. Totes dues es van mirar durant molta estona. Es va tornar a produir un silenci vacil·lant i incert. Kas va bellugar el cap amb aire absent i es va fregar els ulls.

—Me'n vaig al llit, estic molt cansada.

Es va aixecar i va fer cap a l'habitació. Robbie la va seguir. La mare es va adonar que el robot anava deixant un rastre de greix al terra.

—Espera, Robbie! —va ordenar al robot.

Kas no en va fer cas i va desaparèixer darrere la porta de la seva habitació.

—No tens res per explicar-me?

—Mare pregunta. Robbie respon.

—Què has fet aquesta nit?

—Robbie ha estat amb Kas i Nicole.

—On?

De cop, Robbie va començar a arremolinar-se, va fer uns sorolls estranys i es va aturar.

La mare li va clavar una manotada.

—Ui! —va reaccionar el robot—. Robbie necessita recàrrega —i se'n va anar cap a l'habitació de Kas.

La mare va prémer els llavis i unes profundes arrugues li van solcar el front.

000 *LIKES*

A la matinada la van despertar les pantalles de la casa. S'havien engegat totes alhora, a bastant volum. La veu professional i impersonal d'una *andro* donava instruccions.

—Kas. Kas. Kas —repetia Robbie mentre corria a amagar-se a sota del llit.

—Què passa, Robbie? —va preguntar fregant-se els ulls.

Però no va tenir temps a reaccionar: els *andros* van esbotzar la porta principal. Kas va contemplar en silenci com entraven a l'habitació. Es va veure envoltada d'androides uniformats i armats. Encara que no va córrer ni va intentar escapar-se, la van agafar pels llargs cabells. Li van fer mal.

Un *andro*, el que semblava el cap, amb els punys als malucs, la mirava amb cara inexpressiva.

—Com es diu? —va preguntar.

—Kassandra. —Va dir el seu nom aconseguint evitar que les dents li cruixissin, però no que li tremolessin els genolls.

L'*andro* feia voltes a l'entorn d'ella.

—Aixequi les mans sobre el cap, ajunti-les i posi's de genolls.

Kas va obeir aterrida. La van emmanillar amb les mans al darrere amb cintes metàl·liques i va grunyir de dolor quan el metall se li va clavar a la carn. Després li van subjectar les cames. Es limitava a romandre quieta, balancejant-se lentament, amb la mirada fixa en el buit de la paret, com si hagués rebut un terrible cop al cap. Estava terroritzada.

—Què li fan, a la meva filla?! —va cridar la mare fora de si.

Per tota resposta, un *andro* la va bufetejar, amb una sorprenent impassibilitat, però amb tanta força que la va fer caure de morros a terra. Les orelles li brunzien, tenia mal de cap, i els seus ulls foscos es van girar desemparats cap a Kas des de terra:

—Tot anirà bé...

—Silenci! —la va comminar un *andro* en to amenaçador.

Van agafar Kas i se la van endur.

—On... on anem? —es va atrevir a preguntar Kas amb un fil de veu. El cor se li va glaçar mentre feia la pregunta. No va obtenir cap resposta. Va tenir un calfred, va obrir la boca, però no va emetre cap so. Una suor freda li va relliscar per la pell.

El *rein* de la mare la va avisar: s'havia quedat sense cap *like* i havia de seguir unes instruccions. Va respirar profundament, tremolosa, intentant aclarir la ment. Li feia mal tot el cos. Es va eixugar la sang de la boca i va descobrir que tenia un queixal partit. Es va empassar la saliva amb gust metal·litzat i es va cobrir els llavis amb els dits balbs, fent un esforç per recobrar la calma.

⅄⅄⅄

—Ja li ho he dit abans, que no pot parlar amb el cap si no té cita. No sé per què s'ha molestat a pujar a les oficines —li va dir l'home, que l'observava amb cara de fàstic assegut darrere la taula de la recepció. Ni un indici de cordialitat no s'advertia en la seva actitud.

—Vostè, digui-li que és personal, que es tracta de la seva neta Nicole —insistia la mare de Kas, desesperada.

De mala gana, aquell home va obeir i es va comunicar amb el cap.

—M'ha dit que de seguida és amb vostè. Pot esperar aquí asseguda, però procuri no tacar res. —Els fins llavis del recepcionista es van torçar en una ganyota de desdeny.

La mare de Kas va preferir esperar plantada. Passejava amunt i avall, presa de nerviosisme, enllaçant i retorçant les mans.

De seguida la van fer passar. Es va aturar un moment davant la porta del despatx de l'avi de Nicole i va prendre alè, preparant-se per enfrontar-se amb el disgust i la desaprovació que estava segura que trobaria a l'interior. Després va trucar. Un cop més va repassar en la seva ment el que pensava dir i va entrar.

L'avi de Nicole era un dels assessors del director general de la Fàbrica. El seu càrrec, tal com els havia explicat la neta la nit abans, era molt important. Anava molt elegant, abillat amb un costós vestit jaqueta blau de teixit intel·ligent amb ratlles fines. Tot i estar assegut, Talia va poder comprovar que era alt i fornit, de certa edat i que tenia les espatlles amples i els cabells espessos i blancs. Era un home gran, però jovial, amable. Estava d'esquena observant la gran pantalla que presidia el despatx. La pantalla estava quadriculada en un munt de pantalles més petites que vigilaven cada racó de la Fàbrica. L'avi de Nicole de seguida va fer girar la seva cadira i la gran pantalla va projectar la seva cara.

—Ens coneixem? —li va preguntar en fer-la passar, inclinant-se sobre la taula.

L'home va examinar minuciosament la dona que estava dreta davant seu.

—Soc la mare de Kassandra, l'amiga de Nicole —va dir amb tanta naturalitat com li va ser possible.

—Segui, si us plau. Sí, la meva neta parla constantment de la seva filla. Sembla que són molt amigues. Disculpi, crec que no m'ha dit el seu nom.

—Talia.

No detectava hostilitat en l'home, però havia après a ser previnguda. Havia de ser-ho, fins i tot amb aquell avi amable i d'aspecte bondadós.

—En què puc ajudar-la?

Es van asseure l'un davant de l'altra, separats per l'escriptori. L'avi de Nicole va entrellaçar les mans. La mare de Kas ho va fer en una butaca que tenia una pantalla a dalt. Ella mirava la gran pantalla amb la imatge d'aquell home.

—Aquesta matinada, l'Andropol ha entrat al meu apartament i s'ha endut la meva filla. Sembla que és en un centre de retenció preventiva. Em demanen uns diners i uns *likes* que no tinc per pagar la fiança. M'han deixat els *likes* a zero. —Va fer una pausa—. He pensat que, amb la seva influència, podria fer-hi alguna cosa, o avançar-me els diners del sou. Li prometo que li tornaré cada cèntim. —Va estendre les mans en un gest de súplica.

—Aaah! Això és per la malifeta que van fer anit. No pateixi, són coses d'adolescents.

—Quina malifeta?

—Es colaren a la Fàbrica per fer-se unes selfies.

—Nicole també està detinguda?

—És clar que no. Hem pagat la fiança.

—Però jo tinc els *likes* a zero. —La mare de Kas no comprenia res.

L'avi de Nicole, arrufant les celles, es va aclofar a la butaca.

—Bé, és lògic que els pares hagin de pagar una penalització per no educar correctament els fills. —Va sospirar i va moure el cap.

Talia es va aixecar i va començar a passejar pel luxós despatx.

—Tots els *likes*?

—Segui, senyora Talia —va dir l'avi de Nicole, amb veu suau, però autoritària. Va seguir parlant, quan ella va obeir—. No, no són tots els *likes*. El que passa és que vostè en té poquets i han hagut de saldar-los. —Una expressió de superioritat li va aparèixer a la cara.

Una onada de desesperació va caure sobre ella.

—Em pot ajudar?

L'avi es va quedar reflexionant, tamborinant els dits sobre l'escriptori.

—Li diré què farem. Li donaré uns *likes* perquè no estigui a zero. També li ingressaré una quantitat de diners del meu compte personal. No cal que me'ls torni. Però li aconsello que no els inverteixi en Kas, no en són prou per pagar la fiança, i li puc assegurar que ella està bé i ben tractada. No li cal cap avançament de diners.

La mare es va asserenar.

—Puc parlar amb ella?

—A veure què hi puc fer. —L'home va teclejar en una pantalla—. Avui no, però li he concertat una cita per a demà a les vuit del matí al Centre de Formació per a la Disciplina Positiva, l'FDP.

La mare va assentir amb el cap i va deixar escapar un sospir d'alleujament.

—Moltíssimes gràcies, senyor.

Ell li va agrair el compliment amb un somriure i li va fer un senyal amb la mà indicant-li que podia marxar.

—Un moment, senyora Talia —la va aturar.

Ella va fer marxa enrere.

—Només un petit assumpte —va començar amb cautela—. Els pares de Nicole i jo mateix hem pensat que seria millor que Nicole i Kas estiguessin un temps sense veure's —li va dir mirant-la des de la màscara impertorbable del seu rostre.

—Però… van al Centre d'Estudi plegades. —Ella no es va atrevir a mirar-lo a la cara.

—Vostè no pateixi per això. Digui-ho a la seva filla. Pensem que no és una bona influència per a Nicole —li va dir amb fermesa.

Va sobrevenir un silenci. La mare va aconseguir controlar-se amb un esforç. Va assentir.

—Per cert, si no és indiscreció, què li ha passat a la cara? —va dir l'avi, assenyalant el blau que tenia Talia a la galta.

Tot d'una, ella va ser conscient que vestia una granota bruta i duia les sabatilles gastades.

—No res, un accident domèstic amb una porta —va dir amb veu apagada, inexpressiva.

—Vagi amb compte amb els accidents domèstics. —L'avi de Nicole va moure la mà amb impaciència. Era un senyal perquè marxés.

Talia es va aturar un instant a la porta, va serrar les dents i va tancar els punys. Amb el cap cot, va prendre alè, va alçar la barbeta amb fermesa i va sortir. L'avi de Nicole va tornar a girar la cadira. La pantalla s'havia tornat a quadricular i mostrava cada racó de la Fàbrica.

⅄⅄⅄

El Centre de Formació per a la Disciplina Positiva, l'FDP, era al bell mig del desert, a mig camí entre la Fàbrica i la Urbanització. El tren bala hi tenia una parada. Les instal·lacions comprenien prop de cinquanta edificis envoltats de tanques altes i vigilades durant tot el dia per patrulles, càmeres i drons que no paraven de sobrevolar la zona.

Acompanyada de Robbie, Talia, puntual a la cita, es va dirigir a l'edifici principal, va mirar al seu voltant vacil·lant, impressionada per la immensitat del lloc. Era un gratacel colpidor de forma piramidal, amb una captivadora façana que s'erigia esplèndida sobre una estructura de 16.000 metres cúbics de formigó reforçada amb uns 487 quilòmetres de barres d'acer, folrada de quars de color blanc. Coronava l'edifici una agulla de color blau, també piramidal, que s'elevava més de 100 metres, i al seu extrem se situava una cúspide de vidre il·luminada.

El vestíbul, de parets altes i pilars blaus, era decorat amb mobles de metacrilat blanc que emmarcaven les pantalles que inundaven les parets; enfront seu, sofàs còmodes i nets de color blau elèctric. Cada pantalla formava una espècie d'illa que envoltava l'observador. Dos androides uniformats amb vestits blau fosc i armilla la van rebre a la recepció.

—Haurà d'esperar, senyora Talia. Li adverteixo que solen trigar bastant. Pot seure fins que la cridin —li va dir un dels androides dibuixant un ampli somriure.

Talia li va tornar el somriure sense ganes de fer-ho i va seure en un dels sofàs.

A l'altra banda de l'immens vestíbul, i sense que les dues dones es poguessin veure, Kas, amb els seus llargs cabells recollits en una cua i vestida amb una granota blau cel, amb les lletres FDP d'un blau més fosc a l'esquena, l'uniforme del centre, també va seure en un dels sofàs davant d'una de les moltes pantalles que hi havia a les parets. Immediatament, el volum es va apujar i va aparèixer el presentador del telenotícies. Semblava que li parlava directament a ella:

Fer-se una selfie ha passat de ser una activitat fàcil i massiva gràcies a les càmeres dels nostres reins *a convertir-se en un perillós «més difícil encara» que pot tenir conseqüències fatals per als usuaris. Els últims mesos s'han comptabilitzat més de dotze morts per aquesta activitat. L'última va ser fa uns quants dies: un adolescent va caure d'un edifici quan es fotografiava encimbellat a l'estructura del Centre d'Estudi. La preocupació de Magnus per aquesta qüestió l'ha portat fins i tot a llançar una campanya informativa protagonitzada per ell mateix.*

«Ni un milió de likes *a les xarxes socials no valen tant com la teva vida i el teu benestar», ens adverteix Magnus.*

Després li van suggerir obligatòriament que emplenés un test de personalitat positiva amb més de dues centes preguntes, que havia de respondre omplint requadres: el de l'esquerra significava «Molt», el del mig «De vegades» i el de la dreta «Mai». Les instruccions deien: «Llegeix cada pregunta a consciència fins que l'entenguis». El punt següent deia: «No t'aturis gaire en una pregunta».

En acabar la van fer passar a un despatx. Kas es va sorprendre en veure la professora Alícia. Compaginava la seva feina de professora amb la direcció de l'FDP. Kas, tot i estar molt espantada, es va alegrar de veure una cara amiga.

La professora, amb un somriure ample, va projectar una gràfica que representava les seves mancances i les seves fortaleses. Kas no entenia res del que li deia. Estava tan atordida que va romandre en silenci. De cop, a la pantalla van aparèixer imatges i vídeos de tot el que havien fet aquella nit, fins i tot de quan ella i Nicole es van amagar en aquell traster amb els *reins* apagats.

—Hi ha una cosa que no comprenc. Hem revisat les teves xarxes socials i no hem vist cap selfie ni cap vídeo d'aquestes característiques. És la primera vegada? —Va alçar els ulls al cel, desitjant que la resposta fos afirmativa.

—Sí —va respondre.

—Per què ho has fet?

Kas va restar uns moments en silenci. Va tenir problemes per aconseguir que les paraules li sorgissin dels llavis, però calia respondre:

—Pels *likes*.

—Pels *likes*? Com diu el gran Magnus: «Ni un milió de *likes* a les xarxes socials no valen tant com la teva vida i el teu benestar».

—Ja ho sé, però els necessitava.

—Els necessitaves?

—Per anar a la City. No tinc prou *likes* per accedir a la tarifa reduïda.

—Sí, ja he vist que no t'hi has apuntat. Però abans de fer aquesta temeritat, hauries d'haver parlat amb mi. Magnus ha creat unes beques especials per a alumnes com tu.

Kas callava intentant aturar les llàgrimes.

—No ploris. Tinc una sorpresa per a tu! —va exclamar la professora.

De cop es va obrir la porta i va aparèixer la mare acompanyada de Robbie. Totes dues van reprimir les ganes d'abraçar-se. La mare va seure al costat de la filla per indicació de la professora i Robbie es va acomodar a sota de la cadira de Kas.

—Estàs bé, Kas? —li va preguntar la mare, preocupada en veure els blaus que tenia als canells.

—No ha de patir, senyora Talia. Kassandra ha comès un error i intentarem esmenar-lo.

—És molt bona nena —va dir la mare amb la veu ennuegada.

—No ho dubto. Però els errors es paguen; si no, com aprendríem? Com que és la primera vegada, rebaixarem el suggeriment de sis mesos d'internament voluntari a tres mesos.

—Perdrà moltes classes —va objectar la mare.

—Per això no ha de patir, senyora Talia. Kassandra podrà continuar les classes aquí mateix. El seu rendiment acadèmic no es veurà afectat.

—No pot ser menys? —va insistir la mare.

—Ho sento, és el mínim. A més tenim també el suggeriment dels pares i l'avi de Nicole —va explicar la professora.

—Nicole també és aquí? —va preguntar Kas.

—No, ella i tots els teus amics han pagat la penalització —li va explicar la professora.

—I quin és aquest suggeriment? —va preguntar Kas, intrigada.

—Els pares i l'avi de Nicole han suggerit que us distancieu. Pensen que no ets una bona influència per a ella —li va dir la mare amb un fil de veu, amb la sensació freda i depriment de la tristesa.

Una llàgrima va regalimar per la galta de Kas. No podia entendre aquella injustícia, però no va dir res.

—Aquí estaràs bé, Kassandra, això no és cap presó! Aprendràs moltes coses i faràs nous amics —va exclamar la professora, somrient—. I no ploris. Som aquí per buscar solucions. He vist, senyora Talia, que li han tret tots els *likes*.

La mare va assentir amb el cap.

—Això és un error —deia la professora sense parar de teclejar—. Ara mateix els hi tornarem amb una petita penalització.

I de cop els *likes* van aparèixer al *rein* de la mare.

—Kassandra, tu també els tens a zero, però per tu no puc fer res. De tota manera, ja veuràs com aquí de seguida els recuperes. El que sí que puc fer és apuntar-te a la llista de sol·licitud de beques per anar a la City amb una recomanació meva. Si tot va bé, que és com ha d'anar, no en tinc cap dubte, quan surtis d'aquí podràs anar a la City. A més, amb tots els extres; això és a càrrec meu.

—De debò? —Els ulls de Kas es van il·luminar.

—Somriu, estimada Kassandra! —va exclamar la professora Alícia.

I ella va somriure. No es podia creure tot el que li estava passant. La mare va respirar alleujada.

—Podré comunicar-me amb la meva filla?

—És clar! Ja li he dit que això no és cap presó. Això sí, hi ha unes normes i uns horaris.

—I una altra cosa. No vull abusar de la seva generositat, però Robbie es pot quedar amb Kassandra?

—Qui és Robbie? —va preguntar estranyada la professora Alícia.

El robot va fer uns sorollets anunciant la seva presència.

—Quina gràcia! Un sèrie T-245! Molt *vintage*! És clar que es pot quedar. —La professora estava encantada amb Robbie—. I ara fem-nos una selfie. Robbie, tu també! —El *rein* de la professora Alícia es va desprendre del canell i els va fer un munt de selfies.

La professora va observar totes les selfies i va fer una ganyota: cap no era del seu grat.

—Un moment, un moment, l'hem de repetir. Algú no està somrient, senyora Talia! —va exclamar fent una veu infantil.

Van repetir la selfie. La mare es va esforçar per somriure.

La professora Alícia va examinar les selfies, va triar la que més li agradava, va fer uns petits retocs i la va penjar a les xarxes. Amb això es feia palès que a l'FDP la gent era feliç.

Dos androides vestits exactament com els recepcionistes van entrar per endur-se Kas, sense que es pogués acomiadar de la mare. Robbie els seguia fent sorollets.

—Kas! —va cridar la mare

Ella es va girar.

—Tot anirà bé —va dir amb un somriure encoratjador—. No et preocupis.

La noia la va mirar intensament. Era una mirada d'acceptació i resignació, i abans que pogués respondre, els androides, fredament, la van acuitar i tots tres van desaparèixer darrere la porta.

La professora Alícia, amb una mà i sense parar de somriure, també va indicar a Talia que podia marxar.

⅄ ⅄ ⅄

En quedar-se sola, la gran pantalla que presidia el despatx de la professora Alícia es va engegar sense cap avís previ.

—Estrateg Cares, quina sorpresa! —va exclamar. Els superiors no necessitaven cap protocol per poder comunicar-se amb ningú. Les pestanyes llargues de la professora van tremolar involuntàriament. Ell va advertir que tractava de mostrar-se tranquil·la.

L'estrateg Cares era un dels consellers de Magnus i el màxim responsable de la seguretat i de tots els centres d'internament, incloent-hi l'FDP. Era un home jove, amb un coll gruixut i una enorme boca, de mirada altiva, amb els cabells negres engominats cap enrere, que anava amb un vestit jaqueta de quadres blau elèctric de teixit intel·ligent, molt de moda a la City.

—Acabo de veure la seva sol·licitud per a coordinadora general de centres d'internament —va començar anant directament al gra, sense dir ni bon dia.

—Sí, he pensat... —La professora Alícia balbucejava buscant la paraula adequada, però de seguida va continuar segura—. Estic preparada de sobres per a aquest càrrec.

—Cert —la va tallar ell—. Tot i que m'agrada la gent amb iniciativa, trobo que m'hauria d'haver consultat abans de fer la sol·licitud. —La seva veu empipada i ràpida era correcta, però estava a punt de traspassar els límits de la cordialitat.

—Ho sento, estrateg Cares, no volia molestar-lo.

—Ara ja està fet. No em sembla mala idea. Ho hauré de consultar amb Magnus. Els seus informes són molt positius, encara que vostè ja sap que a mi aquest Centre de Formació per a la Disciplina Positiva no m'acaba de fer el pes. En realitat, penso que és una pèrdua de temps. A Magnus, aquestes idees modernes li agraden, i és per això que perdo el temps amb vostè.

—Es tracta de modificar el comportament d'una manera positiva... —va explicar la professora, abaixant la vista, triant amb molt de compte totes les paraules i ocultant un esperançat entusiasme. No podia cometre cap error.

—Sí, ja conec totes aquestes bajanades. Però el que m'agrada de vostè, professora, no són les seves idees modernes, és la seva gestió. Aquest centre és una font d'ingressos molt interessant. Les aportacions dels patrocinadors són extraordinàries i vostè els agrada. És per això que penso que serà una bona coordinadora.

—Gràcies, estrateg Cares.

—Així que pugui parlaré amb Magnus.

I de cop va desaparèixer sense acomiadar-se.

La professora Alícia va dibuixar un somriure satisfet. El càrrec de coordinadora general dels centres d'internament era molt important i, sobretot, era el seu passaport a la City. Va mirar per la finestra. Finalment abandonaria aquell desert. Havia treballat molt dur, dirigint l'FDP i fent classes al Centre d'Estudis. Tot formava part d'una estratègia. Li havien ofert alliberar-la de les classes al Centre d'Estudis, però no va voler. Van pensar que era una dona molt generosa i treballadora, i això li va valer molts *likes*. Però, en realitat, era un pla per tenir més patrocinadors. Ells estaven més interessats en el Centre d'Estudis que en l'FDP. El Centre d'Estudis era l'ham per aconseguir patrocinadors i l'FDP, el trampolí per a la City. Estava a un pas d'acomplir el seu somni.

Va apartar la mirada de l'exterior. Va tornar a engegar la pantalla, que es va quadricular en un munt d'imatges petites. La professora Alícia, des de la seva particular torre de guaita, observava atentament cada racó de l'FDP. La informació era bàsica per al seu objectiu.

000 *LIKES*

El que seria la seva llar durant tres mesos era una habitació càpsula, un petit espai rectangular, revestit de plàstic blanc. La seva amplada era més que suficient perquè hi dormís una persona amb relativa comoditat, tot i que el matalàs de color blau marí era extremament prim i que l'altura dificultava el moviment a l'interior.

La càpsula estava equipada amb tota mena de detalls per a una estada tan agradable com fos possible. Tenia un mirall de grans dimensions, un tauler de control per a la temperatura o el tancament de la porta frontal, a més d'una gran pantalla al sostre i un minioxigenador portàtil d'ús unipersonal.

Kas es va adonar que el problema més greu no eren ni l'espai ni la sensació d'aclaparament per estar tancada en un compartiment estret. El gran inconvenient era el soroll: se sentien tots els de l'exterior, incloent-hi els tons dels taulers de control en obrir les portes de les habitacions contigües i els cops que aquestes, sense cap amortiment, provocaven en tancar-se. Les parets tampoc no estaven insonoritzades, de manera que se sentia tot el que passava a les habitacions.

La son es va esvair. Kas va obrir els seus ulls negres i va parpellejar, ferida per la llum blanca que l'enlluernava; venia de tres cercles fixos sobre el llit. Eren les sis en punt del matí i la pantalla de l'habitació càpsula es va engegar amb la imatge del gran líder Magnus, que iniciava el seu discurs. Kas va badallar, es va estirar i es va incorporar a l'instant.

Oh, quina meravella! Quantes criatures belles que hi ha aquí! Que n'és, de bella, la humanitat! Oh, món feliç, en el qual viu gent així!

Robbie va cobrar vida tot d'una, va fer sonar un xiulet i el llum blanc es va convertir en blau.

Un calaix blanc dissimulat en una de les parets es va obrir i va proporcionar a Kas la roba d'aquell dia: una granota blau cel. Tant era quin dia de la setmana fos; sempre era el mateix uniforme.

—Bon dia, Kas! Fa un dia meravellós —li va dir la veu metal·litzada de Robbie.

Kas va dibuixar un tímid somriure; s'alegrava molt de tenir-lo amb ella. Va intentar connectar-se amb la mare amb el *rein*. No sabia iniciar el dia sense ella; la trobava a faltar. Però inexplicablement no va poder.

—No sé què li passa a aquest trasto. Robbie, si us plau, em pots connectar amb la mare?

Robbie va fer uns sorollets.

—Robbie no pot connectar-se amb la mare. Robbie no pot connectar-se amb la mare.

—I això?

—Inhibidors. Inhibidors. Impossible connectar-se amb l'exterior.

—Que estrany! La professora Alícia va dir que ens podíem comunicar —va dir mentre es recollia els cabells en una cua ben alta.

—No cert. No cert. No cert —va dir Robbie.

I, de cop, Kas va sentir com la veu de la professora Alícia omplia tota l'habitació càpsula:

—*És clar! Ja li he dit que no és cap presó. Això sí, hi ha unes normes i uns horaris.*

—Graves les meves converses?! —es va escandalitzar Kas donant-li una manotada.

—Ui! Ordres de mare. Ordres de mare.

—Et prohibeixo que ho facis!

—Ordres de mare. Ordres de mare —repetia Robbie fent voltes sobre si mateix.

—Uuuf! Vinga, que arribaré tard a esmorzar i aquí no vull tenir problemes.

⅄ ⅄ ⅄

Kas va quedar molt sorpresa en obrir la porta del que ella es pensava que era el menjador. Esperava trobar-se una enorme sala sorollosa repleta de gent. Tot el contrari: era una sala petita, semblava una aula amb unes màquines expenedores, i, pel que es veia per les pantalles i els seients, semblava que allà mateixa farien les classes.

Només hi havia una senyora asseguda. Portava la granota blau cel i semblava gran, amb els cabells embullats i la cara pàl·lida, trista i arrugada. No en sabia el motiu, però li va recordar la senyora Hipàtia.

—Bon dia! El meu nom és Kas. Fa un dia meravellós —la va saludar amb veu jovial mirant a la pantalla amb un ampli somriure.

—Un dia meravellós?! Com pots dir això estant aquí tancada? —va dir la senyora, molt enfadada, mirant-la directament als ulls, d'una manera peculiar, cautelosa i defensiva, cosa que va incomodar bastant Kas—. Per a mi no hi ha bon dia sense el meu estimat Eudor. —Ara havia canviat el to, i les llàgrimes li banyaven les galtes.

Kas va quedar petrificada. No sabia què fer, si continuar preguntant o callar. Com que no sabia callar, va canviar de tema.

—Ja ha esmorzat? —li va dir mirant la pantalla.

—Esmorzat?! Tu has vist els preus? Només em puc permetre fer dos àpats cada dia. —Ara ja no plorava.

A l'FDP s'alimentaven de barretes i batuts. No hi havia menú alternatiu com al Centre d'Estudis. La diferència és que allà els preus eren molts més barats. La imatge de les barretes li va fer venir a la memòria les galetes d'eruga i la senyora Hipàtia. Va estar una estona contemplant la màquina expenedora. Per sort, la mare li havia omplert el crèdit perquè és pogués alimentar i no li faltés de res. Va agafar una barreta i dos batuts, un per a ella i l'altre per a aquella senyora tan estranya. Potser si menjava una mica li canviaria l'humor.

—Gràcies —va dir la dona amb un fil de veu—. No m'has portat una barreta?

Kas va partir per la meitat la seva i la hi va oferir. Era clar que el disgust que tenia no li havia fet passar la gana. Tot d'una va veure cinc *likes* reflectits en el seu *rein*. Eren una recompensa per la seva generositat, segons li deia un missatge de l'FDP. Kas va apuntar un somriure. De cop, es va obrir la porta; era el professor Nèstor. A Kas li va fer molta alegria veure'l allà.

—Vostè també hi fa classes?

—No, Kassandra —va dir el professor mirant la pantalla—. A mi m'ho suggereixen de tant en tant. Em fan venir aquí per recuperar els *likes* i perquè la professora Alícia m'ensenyi algunes tècniques perquè les meves classes no siguin tan avorrides.

—I ara qui fa les seves classes?

—Un substitut.

—Llavors, quan el substitueixen no és que estigui malalt...

—No, la meva salut és de ferro —la va tallar el professor Nèstor—. I tu? Què hi fas, aquí? —va preguntar sorprès.

—Nicole i la colla ens vam colar en un edifici de la Fàbrica per fer-nos selfies —va confessar Kas amb el cap cot.

—Nicole també és aquí?

—No, ella i els altres han pogut pagar les penalitzacions.

—No és tan dolent com sembla al principi —la va animar el professor—. Bon dia, el meu nom és Nèstor —va dir a la senyora que seia al seu costat.

—No, no és un bon dia sense el meu Eudor —va dir la dona, malhumorada, i va fer un glop de batut.

El professor no va dir res. Es va tornar a obrir la porta i van entrar dues noies, si fa no fa de l'edat de Kas. Eren idèntiques i anaven pentinades igual, rapades als dos costats del cap i amb els cabells més llargs al mig, a manera de cresta, de color blau amb blens blancs. Duien les mànigues de les granotes de color blau cel arrencades i els camals dels pantalons tallats a mitja cama.

—Ep, Nèstor! Ens tornem a veure —va dir una de les bessones, mirant a la cara el professor. Kas es va incomodar.

—Sí, una altra vegada —va respondre el professor, mirant-les directament.

—Hola, som Kaia i Kàssia! —van dir totes dues alhora. Els seus ulls burletes van escodrinyar fixament la cara de Kas.

—El meu nom és Kas —va respondre ella mirant la pantalla.

—I vostè, senyora, com es diu?

—A vosaltres què us importa! —va engegar la dona a les bessones, i va seguir menjant, amb expressió ominosa i ulls ombrívols.

—No ens hem llevat de bon humor —va dir Kaia.

La dona no va respondre. Tenia la mirada perduda a l'infinit i la boca plena de barreta proteínica.

—M'agrada aquesta dona! —va exclamar Kàssia—. Té caràcter!

Robbie va fer uns sorollets; semblava molest perquè l'estaven ignorant.

—I tu? —va preguntar Kaia, acariciant-lo.

—Robbie. Robbie.

—És el meu assistent —va dir Kas.

—Mira-te-la ella! Amb assistent i tot —va dir una de les bessones. Kas encara no les sabia distingir.

De sobte, el *rein* de Kas va fer sonar una campaneta.

—20 *likes* per puntualitat i 50 per pulcritud! Avui és el meu dia de sort! —va exclamar impressionada.

—Ep! 20 *unlikes* per danys a l'uniforme! —van repetir les dues bessones, burlant-se de Kas i xocant les mans.

Kas es va remoure, indignada, però les paraules que pugnaven per sortir es van morir a la boca. Va arronsar les espatlles i es va enfonsar encara més en la cadira. Les mirava desconfiada. Més que es burlessin d'ella, el que la molestava és que es toquessin d'aquella manera. Li semblava excessiu, encara que fossin bessones. De cop, va entrar la professora Alícia i el silenci va caure com un teló.

—Oh, quina meravella! Quantes criatures belles que hi ha aquí! Que n'és, de bella, la humanitat! Oh, món feliç, en el qual viu el nostre líder Magnus! —va exclamar la professora Alícia, amb un ampli somriure, sense mirar a la cara ningú. Contemplava fixament les pantalles repartides per tota l'estança.

Kas es va aixecar i va repetir les paraules. Els altres ho van fer des dels seients amb un solemne aire d'avorriment.

—Quin entusiasme, la nova! —va exclamar una de les bessones.

—Gràcies, Kassandra —va dir la professora Alícia amb un somriure—. Aquesta és l'actitud.

I, de cop, el *rein* de Kas li va anunciar 5 *likes* més, la mateixa quantitat que les bessones havien rebut, però d'*unlikes*.

—Benvinguts al Centre de Formació per a la Disciplina Positiva! De segur que ho passarem molt bé!

De sobte, van interrompre la classe dos androides uniformats amb vestits de color blau fosc. Acompanyaven un jove alt, prim, de cabells foscos, vestit amb la granota de color blau cel a joc amb els seus ulls.

—Tyr! —van exclamar les bessones, picant de mans molt contentes.

—Ens tornem a veure, precioses! —els va dir fent-los un petó a cada galta.

Kas, en veure aquella imatge, es va enrojolar fins a les orelles i es va tapar els ulls amb la mà. Estava escandalitzada. Petonejar-se allà, davant de tots... Aquella actitud li semblava obscena. El professor va riure per sota el nas.

—Tyrone, Kaia i Kàssia! Quina educació és aquesta! —els va amonestar la professora Alícia. I de seguida més *unlikes* es van sumar en els *reins* dels joves.

—La joventut està perduda —va murmurar la dona.

—Vaja! Noies noves? Qui sou? —va dir Tyr, mirant fixament Kas amb una intensa curiositat. En el moment que les seves mirades es van encreuar, ella la va desviar immediatament, avergonyida.

—El meu nom és Kas —va respondre escrutant els ulls d'aquell noi a la pantalla. Li eren molt familiars.

—I vostè? —va insistir a la dona.

—No n'has de fer res, jove insolent! —li va engegar ella, observant-lo amb evident desgrat.

—Uuuf! Quanta energia negativa! —va exclamar la professora Alícia—. Un bon exercici per començar són les presentacions. Kaia i Kàssia, què feu? I per què sou aquí?

—Som aquí per la nostra curiositat tecnològica —va dir Kaia, mentre la seva germana assentia amb el cap. Totes dues miraven fixament la professora.

—Si us plau, podeu veure la meva imatge molt millor i més gran a la pantalla. No cal que ho feu directament; no és de bona educació —les va interrompre la professora—. Curiositat tecnològica? Ho podeu desenvolupar una mica més.

—La nostra curiositat tecnològica ens va dur a piratejar el servidor del Centre de Formació a la Feina, i, una vegada a dins, ho vam aprofitar i ens vam apujar les notes —va explicar Kàssia.

—Ens vam posar la màxima nota! —va interrompre Kaia, somrient satisfeta.

—I penseu que això està ben fet? —va preguntar la professora Alícia.

—I tant! Va ser un treball impecable! —va exclamar Kàssia—. L'únic error va ser posar-nos tanta nota; això va fer pujar la mosca al nas als professors.

Kaia va interrompre la germana donant-li un cop de colze.

—Ep! M'has fet mal —va protestar Kàssia i li va tornar el cop encara més fort.

—Ens sap greu, n'estem molt penedides, no ho tornarem a fer —va dir Kaia, donant una puntada de peu a la germana dissimuladament.

—Aquesta és l'actitud positiva, reconèixer els errors —va dir la professora Alícia, apuntant un somriure—. I tu, Tyrone?

—Això meu és una qüestió d'incompatibilitat de caràcters —va dir ell, tornant el somriure a la professora i mirant-la fixament amb una expressió irònica.

—Què vols dir, Tyrone? —va preguntar la professora—. I, si us plau, mira a la pantalla.

—Que Magnus i jo no ens acabem d'entendre —va dir ell sense apartar la vista de la professora.

A la professora li va canviar el semblant. Va arrufar les celles i va observar la pantalla de sobre del seient de Tyr amb una mirada greu.

—50 *unlikes*! —va fer Tyr, observant el seu *rein*—. No està gens malament!

—Has de canviar d'actitud, Tyrone —li va aconsellar la professora amb severitat. Un agut timbre d'irritació se li va insinuar en la veu—. I vostè, senyora Cynara? Què ens explica? —va dir amb parsimònia, intentant controlar la veu.

Finalment, el misteri del nom d'aquella dona es va esvair.

—Jo no us he d'explicar res! —va dir fora de si—. Són vostè i el seu idolatrat Magnus els qui m'han d'explicar què han fet amb el meu Eudor. —Les llàgrimes li tornaven a banyar les galtes i les mans li tremolaven.

—El seu Eudor està meravellosament bé al Paradís —va dir la professora en to flegmàtic.

Tots els semblants es van posar molt seriosos, menys el de Kas, que no comprenia a què treia cap tant de drama.

Les paraules no van fer efecte en la capa d'infelicitat que la recobria. L'aflicció de la senyora Cynara es va convertir en incontenible desesperació. Es va aixecar de la cadira amb moviments nerviosos i insegurs, tremolosa d'ira. Apuntava amb el dit la professora Alícia. Es va dirigir cap ella i, estirant-li l'americana, li va cridar fora de si:

—Vull marxar amb ell! Sense el meu Eudor, la meva vida no té sentit!

—Aviat s'hi reunirà —va intentar calmar-la la professora.

—Quan?! Quan?! —va cridar, sacsejant la professora.

Es va sentir un soroll de tela esquinçada. La professora Alícia va mantenir el rostre impassible. Al cap d'uns instants es va girar lleument i la va empènyer contra la paret amb força, sense cap expressió a la cara. Tot i la violència usada, el seu aspecte serè no es va alterar.

La senyora Cynara es va quedar esfondrada en un racó, amb la cara cap a la paret, feta un nyap. Tyr es va aixecar ràpidament del seient.

«Haurien d'emportar-se la professora Alícia al Paradís», va pensar Tyr, «si tan meravellós li sembla. Així ens deixaria en pau a tots». Però no va articular cap paraula.

Intentava consolar amb cautela la senyora Cynara, quan de sobte van irrompre de males maneres els androides uniformats, van apartar Tyr i es van endur la senyora Cynara a la força.

Kas va obrir la boca, però no va dir res. Va continuar mirant.

La professora Alícia va agafar alè, es va arreglar una mica els cabells i es va allisar l'americana. Amb un somriure i en un to acuradament controlat va dir a la classe:

—Pobra senyora Cynara, està perdent el senderi. Però estic segura que amb les classes de Formació positiva el recuperarà. Entre tots l'ajudarem. No patiu per ella, demà tornarà a ser amb nosaltres.

Kas assentia amb el cap, amb un mig somriure, mirant la pantalla de la imatge de la professora, disposada a col·laborar; ben al contrari que els seus companys, que miraven fixament la professora amb el gest contrariat.

La professora va continuar la classe com si no passés res.

1.025 *LIKES*

Feia gairebé un mes que Kas estava internada. S'hi trobava bé físicament. La professora Alícia i el professor Nèstor la cuidaven. A més a més, havia aconseguit augmentar els *likes* com mai en la seva vida. Però estava trista perquè encara no havia pogut comunicar-se amb la seva mare. Tampoc no havia aconseguit fer amics. En els moments d'esbarjo, quan tots es reunien a l'exterior, mai no la convidaven a ser amb ells; quan s'hi acostava, canviaven de tema dissimuladament. Fins i tot la senyora Cynara, tot i els seus canvis d'humor i el seu mal caràcter, formava part del grup. A més, li havien posat un malnom: l'Entusiasta. Kas no comprenia aquella animadversió cap a ella.

En sortir a l'exterior de l'edifici, els va veure. Sempre seien al mateix lloc, una taula de pícnic amb dos bancs. Hi havia les bessones, el professor, la senyora Cynara i Tyr. Kas va avançar cap a ells en companyia de Robbie i els va dedicar el millor dels seus somriures mirant el seu *rein*.

—Bon dia! Fa un dia meravellós!

—Bon dia, Kassandra. —El professor Nèstor va ser l'únic que li va respondre.

Kaia l'observava mentre es mossegava una ungla. Kàssia badallava obertament.

—Hem de marxar —van dir de cop les bessones.

—Us acompanyo! —va afegir Tyr.

Kas va sentir un desassossec interior, que va saber mantenir controlat. Va romandre impassible. Li va costar, però, un gran esforç.

—Ho sento, Kassandra. He quedat amb la professora Alícia, em vol fer una classe particular. Insisteix a ajudar-me perquè les meves classes no siguin tan avorrides —es va disculpar el professor Nèstor.

Kas va guardar silenci. Estava massa enfadada per seguir parlant. Ella i la senyora Cynara es van quedar soles.

—Vostè no se'n va? —va dir Kas, molesta.

—On vols que vagi?

—No ho sé, lluny de mi. Semblo una empestada —es va lamentar Kas, amb la tristesa als ulls.

—I els teus pares? —va preguntar de sobte la senyora Cynara, sense venir a tomb.

—No tinc pare; visc amb la mare. —Kas va respondre sense aixecar la vista.

—Va morir?

—No ho sé, la meva mare no en parla mai. Crec que la va abandonar quan es va quedar embarassada.

—Pobra! El meu Eudor i jo no vam poder tenir fills. Ell era estèril —va dir abaixant la veu i llançant una furtiva mirada al seu voltant—. Molts homes van quedar estèrils amb la destrucció.

—Com era abans la vida?

—Abans?

—Sí, abans de la destrucció i de la construcció.

—Hi havia arbres, flors. Al meu Eudor i a mi ens agradava anar a la platja, tot i que ja no ens podíem banyar. Era perillós, el mar estava molt contaminat.

—El mar?

—No saps res, petita —va dir la senyora Cynara. A les comissures dels seus llavis es va perfilar un lleu somriure. Era la primera vegada que la veia somriure. Va ser un somriure més aviat comprensiu, que es va esvair gairebé immediatament.

—I ningú no m'ho vol explicar.

La seva veu es va afeblir extraordinàriament, i va mussitar:

—El suggeriment obligatori és mirar al futur. Tot i que jo, sense el meu Eudor, no veig futur.

—S'ha d'animar. El temps passa molt de pressa i aviat serà amb ell.

—Això espero —va dir la senyora Cynara. Ara semblava trista i pàl·lida. Va encreuar els braços i es va quedar balancejant-se cap endavant i cap endarrere, perduda en els seus pensaments.

Kas va restar amb ella, en silenci, i va pensar en la senyora Hipàtia. Potser ara ella i l'home de la senyora Cynara eren amics. I també va pensar en la seva mare, feia massa temps que no en sabia res, i es va posar trista.

⅄⅄⅄

Kas es va aferrar a la paret de l'habitació càpsula a les fosques, quieta com una granota, tensa, escoltant els passos del passadís que s'acostaven. Potser eren les bessones, que venien a fer-li la guitza. Va respirar alleujada en veure que passaven de llarg. Va treure el cap i va veure Tyr caminant de puntetes. A sobre de l'uniforme del centre duia una dessuadora negra amb caputxa. En veure'l així vestit, ho va recordar. Ja sabia per què li era tan familiar: era el noi que les va ajudar a ella i Nicole a escapar-se de l'edifici de la Fàbrica. On devia anar a aquelles hores? I d'amagatotis. No s'ho va pensar dues vegades i, instintivament, el va seguir, i Robbie la va seguir a ella, protestant:

—No està bé. No està bé. No està bé.

—Aquest noi sap el que es fa! Si es passeja tan tranquil, és que sap com pot burlar la vigilància —va xiuxiuejar a Robbie.

—No, Kas. No, Kas. No, Kas —va dir el robot, amb la seva veu metal·litzada.

—Vols callar, que ens descobrirà! —va dir Kas donant-li una manotada.

—Ui! —va deixar anar Robbie.

Tyr avançava amb rapidesa cap a les entranyes de l'edifici. Kas va apagar el *rein* per no ser descoberta i el va seguir a una distància prudencial, copiant cada un dels seus moviments. De cop, va obrir una comporta metàl·lica, molt petita, i va desaparèixer.

—Kas. Kas. Kas —la va advertir Robbie.

Ella no li va fer cas i s'hi va esmunyir a dintre, baixant a poc a poc per unes escales inserides a la paret d'un tub gris i informe que s'estenia cap avall, com una mena de claveguera boirosa. Avançava amb molta dificultat, amb Robbie en braços. Es va aturar una mica per no ser descoberta i va continuar baixant. En arribar a l'últim tram d'escala, va descobrir una teranyina de túnels excavats des del subsol, silenciosos i desèrtics. En va examinar un amb la llanterna del *rein*. El túnel s'enfonsava en les entranyes de la Terra, però era buit.

—On s'ha ficat Tyr? Ajuda'm, Robbie —li va demanar Kas.

—No és segur. No és segur —va dir el robot.

—Vinga! Ara no puc tornar enrere.

El robot va projectar una fletxa i Kas la va seguir. Va caminar un bon tros. Els túnels eren estrets i foscos, el terra era relliscós i feia pendent. L'aire era opressiu i dens. De cop, va veure una llum a la llunyania. Havia aconseguit atrapar Tyr, que s'havia enfilat per una altra escala. Amb Robbie en braços, Kas el va seguir fins a arribar a la superfície.

Tyr, plantat i amb les cames separades, es va aturar. Per uns moments, Kas va témer ser descoberta. Aclofada al costat de la boca del túnel, escoltava i observava. Tot el que podia veure en la foscor eren roques i sorra, el desert interminable amb un camí únic i estret. La van espantar un parell de drons que sobrevolaven la zona; afortunadament no van detectar el seu moviment. Amb molta cautela, van caminar molta estona fins a arribar a la carretera. Tyr es va aturar. De cop, la silueta d'un home va sorgir de la foscor. Tyr i ell es van fer una abraçada.

Kas va estar-se a la gatzoneta durant llarga estona, observant. No sentia res. A la llunyania va veure una camioneta aparcada i va deduir que era d'aquell home. Va aspirar una profunda glopada d'aire nocturn i el va retenir en els pulmons. De cop, Tyr havia desaparegut. Es va aixecar amb moviments rígids.

Tyr va aparèixer d'improvís davant seu i li va barrar el pas. Kas es va sobresaltar.

—M'has espantat!

—Que em segueixes? Què ets? Una espieta? Ara correràs a explicar-ho a la professora Alícia per un grapat de *likes*? —li va dir mentre l'agafava pel braç i l'arrossegava. Li clavava els dits a la pell.

—Em fas mal! —va gemegar de dolor—. T'equivoques, només tenia curiositat. Et conec, em vas salvar dels *andros* a l'edifici de la Fàbrica —va articular Kas. Estava atordida per l'ensurt.

—No era jo —li va dir amollant-la.

—Sí que ho eres.

—I què si era jo? Vosaltres només sou uns nens de casa bona, de la Urbanització! Us dediqueu a jugar mentre uns altres lluitem per sobreviure. —Parlava mentre l'apuntava amb un dit autoritari.

Els ulls de Kas es van dilatar de desconcert i van brillar en una muda protesta.

—Jo no visc a la Urbanització, soc de la Fàbrica de tota la vida. —Va bellugar el cap, afligida, evitant la mirada inquisidora d'aquells enormes ulls blaus que la pertorbaven i l'atreien a la vegada.

Tyr la va mirar estranyat. S'havia equivocat amb ella.

—I què hi feies, amb ells?

—Anem al Centre d'Estudis junts. Nicole és la meva millor amiga, i em van enredar. Ara tots són lliures i jo estic tancada aquí —va dir mirant la pantalla del *rein*, on sortia reflectit Tyr.

—M'estàs parlant; mira'm a la cara! —li va ordenar ell.

—No és de bona educació —va replicar Kas, que no acceptava ordres.

—A tu et sembla normal?

—Defineix «normal». —Kas es va veure repetint la frase preferida de la seva mare.

—Soc al teu costat i m'has de parlar mirant aquest aparell. És una norma absurda.

—No és una norma, és un suggeriment.

—Si fa no fa és el mateix. Vinga, sigues atrevida, mira'm a la cara!

De mica en mica, Kas es va girar i, arriscant-se, va aixecar la vista fins a la seva cara i va mirar els seus intensos ulls blaus.

—Tinc preguntes —va xiuxiuejar.

—Quines?

—Com hem aconseguit sortir del recinte sense que ningú se n'adonés? —el va interrogar Kas. La incògnita de com havien pogut burlar la seguretat li bullia al cap.

—Aquest lloc no està tan vigilat com sembla. A més, tinc les meves tècniques —va dir, fent el fatxenda.

—Quines?

—No ho vulguis saber tot.

—I què era la imatge que projectaves a l'edifici de la Fàbrica?

—El símbol de la Resistència.

—Quina Resistència? —Una expressió àvida se li va dibuixar a la cara.

—Tens moltes preguntes i és molt tard. No em tornis a seguir, és perillós —la va advertir Tyr.

—Ho sento.

—Tornem a les habitacions i demà continuem.

De mala gana, Kas va obeir. Amb les mans ficades a les butxaques de la seva granota de color blau cel, va començar a caminar feixugament pel camí de tornada. Robbie, que havia romàs en silenci tot aquell temps, seguia el ritme dels seus passos, escoltant i escrutant els objectes que els envoltaven, àgil i atent.

⅄⅄⅄

Kas va veure el grup reunit al mateix lloc de sempre. Volia retrobar-se amb Tyr. Tenia preguntes per fer-li i ganes d'estar amb ell, però no sabia si estava preparada per al rebuig, així que va decidir seure en un altre banc, lluny d'ells.

—Kas! Vine! Seu amb nosaltres —la va convidar Tyr de sobte.

—Què fas? T'has tornat boig! Per què convides l'Entusiasta a seure amb nosaltres? —va protestar Kàssia.

—No la suporto —va dir la germana.

—Esteu equivocades. Kas no viu a la Urbanització —els va explicar Tyr.

—Tant se val, és insuportable, sembla que viu en un altre planeta —va dir Kaia.

—A mi em cau bé. Sembla una bona noia, educada, no com vosaltres, que sembleu unes salvatges. A més, em convida cada dia a esmorzar —va dir la senyora Cynara.

—Vostè ho fa només per l'interès —va dir Kàssia.

—Vinga, noies, doneu-li una oportunitat —va afegir en veu baixa el professor Nèstor en veure Kas a la vora.

—Bon dia. Fa un dia meravellós! —va dir Kas, i va seure al costat de Tyr, que li havia fet un lloc al banc.

—Ho veieu? —va dir Kaia, mirant-la amb expressió adusta.

Kàssia li va donar un cop de colze i totes dues van restar callades fent mala cara, incòmodes per la presència de Kas.

—Què feu? —es va interessar Kas.

—Classe —li va respondre el professor Nèstor, mirant-la directament.

—Classe? —es va estranyar la noia, mirant la pantalla que projectava la imatge del professor damunt de la taula.

—No volies respostes? Aquí en tindràs —li va dir Tyr, mirant-la als ulls—. És l'hora, noies.

De cop, les bessones van començar a manipular els seus *reins*. Kas no comprenia res.

—Què passa?

—Mira les pantalles —li va indicar Tyr.

Kas va mirar. A les pantalles continuaven reflectides les seves imatges. No havia canviat res.

—De segur?

—Ja us ho hem dit, aquesta noia no s'assabenta de res —va dir Kàssia.

—Què vols dir? —va preguntar Kas, corroborant el que acabava de dir Kàssia.

—Que a la pantalla sortim nosaltres, però no en temps real. Ara ja no ens vigilen, podem parlar del que vulguem —li va explicar Kaia, mentre feia burla a la pantalla, traient la llengua.

—Ens vigilen?

—Uuuf! No la suporto —va exclamar Kàssia.

—Només tenim 25 minuts, així que no perdem més temps —els va advertir Tyr.

—Si us sembla bé, avui farem un resum de la història perquè Kassandra vagi agafant el fil —va proposar el professor Nèstor.

—Des del començament? No em sembla just —va protestar Kaia.

—Això no és un pati d'escola! Comenci, professor —va ordenar la senyora Cynara.

Kas callava i els mirava a tots, ara sí, a la cara, amb uns ulls com unes taronges. El professor va començar el seu relat:

—L'ésser humà sempre havia cregut que el món s'extingiria per un meteorit o perquè s'apagaria el Sol. Però va resultar que el major enemic de l'home va ser ell mateix. Va provocar el canvi climàtic i va esgotar els recursos naturals. La fam es va apoderar del món; no hi va haver guerres, cap país contra un altre, però la violència era extrema. Quan tot va estar totalment destruït, el gran negoci va ser la reconstrucció: van aparèixer els anomenats *patrocinadors*, liderats per Magnus, que oferien pau, seguretat, un món nou on manaven les noves tecnologies, un món artificial on tot tenia un preu, fins l'aire que es respirava. Les veus dissidents, capitanejades pel líder de l'oposició, Ozymandias, que veien en tot això una nova oportunitat per fer un món millor, un món sostenible, més democràtic i amb valors, van ser derrotades. I ara formen part de la Resistència.

—La Resistència?! —va exclamar Kas.

—Abaixa la veu, Entusiasta! —va dir Kaia de manera acre i amb veu implacable.

Aquella pregunta exigia una resposta immediata. Tyr i el professor ho sabien.

—La Resistència és liderada per Ozymandias i el seu símbol és l'arc de Sant Martí. S'amaguen a la Muntanya, un lloc on persisteix la natura, un lloc on per seguretat no hi ha tecnologia. Molta gent pensa que aquest lloc és una utopia. En realitat, ningú l'ha vist —li va explicar Tyr.

Kas seguia reflexionant. Li costava deixar-se convèncer. No obstant això, va continuar fent preguntes.

—La Muntanya és el Paradís?

De cop es va fer el silenci. Una de les bessones va obrir la boca, però la senyora Cynara es va avançar, amb l'expressió torbada:

—No, la Muntanya no és el Paradís.

—I on és? —va continuar preguntant Kas. Va encreuar els braços, amagant les mans sota les aixelles, ansiosa per comprendre.

—Fora de la cúpula —li va dir Tyr.

Una enorme cúpula protegia els ciutadans de l'aire contaminat d'abans de la Reconstrucció.

—A fora no hi ha res, està tot destruït. Si travesses la cúpula, et pots morir per l'aire enverinat —va objectar Kas.

—Així, tu creus que tot el que queda del món és aquesta petita extensió que habitem? —li va preguntar Tyr.

—Per desgràcia —va dir Kas, assentint amb el cap.

—Això és el que ens volen fer creure. Però expliquen que fora de la cúpula hi ha vida, que la natura s'està regenerant —va dir Kaia.

Kas els mirava amb dubte; no sabia si creure-s'ho o no. Va decidir continuar preguntant:

—I què fa la Resistència?

—La Resistència lluita per derrotar Magnus, un vell conegut d'Ozymandias. Al principi van ser amics i junts van intentar salvar la humanitat, però la cobdícia de Magnus i les diferències sobre la forma de govern els van separar. Magnus creia que el poder havia de residir en un líder, ja que el poble encara no estava prou capacitat. Ozymandias, per contra, considerava que el poble havia de ser capaç de triar el seu destí. Magnus es va convertir en un malvat dictador —va continuar el professor Nèstor.

—Magnus, un dictador?! —Kas es va posar la mà a la boca. Els seus ulls sorpresos de primer van mirar el professor i després Tyr. La seva ment era un remolí. Tot allò en què creia i que havia suposat canviava vertiginosament mentre buscava noves explicacions.

—El món feliç que descriuen les pantalles de Magnus en realitat és un món cruel, on la majoria de la gent treballa a la Fàbrica per mantenir una classe mitjana i una minoria de mandataris privilegiada que viu per sobre de les seves possibilitats —va replicar amb rapidesa Tyr.

—No hi ha cap intenció de regenerar el món i la natura. La natura és perillosa, és la màxima expressió del lliure albir. En un món artificial, les persones estan a mercè del dictador i els patrocinadors són els que els proporcionen tot el que necessiten per subsistir, fins l'oxigen que respiren —va afegir el professor.

—Magnus és totpoderós, l'amo de tot —va dir amb la veu apagada Tyr.

—Excepte del més valuós: els pocs centímetres cúbics dins el vostre crani —va dir el professor, observant el *rein*. El temps s'havia esgotat.

Hi va haver un silenci. Totes les mirades es van clavar en Kas sense gosar obrir la boca. Va sentir al seu interior una tensió que no havia experimentat fins llavors i que explotava en totes les zones del seu cos. La consciència del que estava passant es va apoderar d'ella per complet.

—Com t'has quedat, Entusiasta? —Kaia va trencar el silenci en veure Kas blanca com la paret i sense paraules.

Kas s'estirava, pensativa, el lòbul de l'orella. Per tota resposta es va aixecar i es va allunyar del grup. Robbie la va seguir. Tyr va voler acompanyar-la, però el professor el va aturar:

—Necessita estar sola, ha d'assimilar tota aquesta informació.

—O no! Potser pensa que ens ho hem inventat tot —va dir Kàssia.

—És una noia intel·ligent. Només necessita temps —va dir la senyora Cynara.

Kas va sortir corrent per la senda de grava. Corria i corria cada vegada més de pressa. Li costava digerir tot el que acabava de sentir. Mentre corria, la seva vida passava en fotogrames pel seu cervell: pensava en la mare, en Nicole. I si tenien raó? I si havia viscut una gran mentida? Però, llavors? Per què la mare no li havia explicat mai res? Ella ho sabia? I si els perillosos eren els seus nous amics?

Kas es va aturar, respirant amb dificultat, atordida per les preguntes que se li acumulaven al cap. Un calfred premonitori va fer que pensés que ja sabia les respostes. Es va tapar les orelles amb les mans fent un esforç inútil per no escoltar els seus pensaments. I de cop va tornar a córrer. No prestava cap atenció al lloc on era ni s'esforçava per saber on es dirigia. Tot el que desitjava era fugir.

Tot d'una, el xiulet del *rein* la va avisar: l'FDP li havia donat 20 *likes*. Fer exercici era una actitud positiva.

1.312 *LIKES*

Una multitud de problemes s'agitava en la seva desordenada ment mentre, malhumorada, intentava dormir. Una feble i estranya por li havia començat a la base de l'espina dorsal i estava obrint-se pas cap amunt. Massa informació per reciclar. Havia d'assimilar moltes coses, i per més bé que li caigués el professor i que sentís alguna cosa per Tyr, no era dona de creure a ulls clucs tot el que li explicaven i encara menys una cosa tan grossa com aquella. I si aquestes noves companyies no eren bones? Havia d'actuar amb cautela, posar seny. Ja havia causat prou problemes a la seva mare. Havia arribat a aquell lloc per la seva inconsciència.

De cop va sentir unes passes, va pensar que potser era Tyr en una de les seves incursions nocturnes. Aquesta vegada no pensava seguir-lo. Les passes es van aturar davant la seva habitació càpsula. Les bessones? No paraven de fer-li la guitza. Va observar Robbie. S'estava recarregant tranquil·lament; els seus sensors de guàrdia no havien detectat res. I tot d'una va sentir uns copets a la porta. Robbie va engegar el llum blau. Kas s'hi va acostar tímidament, amb la inútil esperança que el visitant s'allunyés després d'un sol intent. Però no, va tornar a tustar. Només endevinava una ombra a l'altra banda de la porta.

—Qui hi ha? —va preguntar amb un fil de veu.

—Soc Tyr.

Tyr? Què volia a aquelles hores? Kas s'estirava, pensativa, el lòbul de l'orella.

—Què passa? —va preguntar encuriosida en entreobrir la porta.

—Acompanya'm! —li va dir estenent-li la mà.

—No Kas. No Kas. No Kas —la va advertir Robbie amb la seva veu metal·litzada.

—On? —va continuar Kas, mentre dissimuladament donava una manotada a Robbie perquè no molestés.

—Ui! —va protestar la veu metal·litzada de Robbie.

—No confies en mi? —li va preguntar Tyr mirant-la fixament amb els seus ulls blaus.

—Vaig en pijama —va balbucejar ella. Encara no tenia una resposta per a aquella pregunta.

—És sexy?

Sexy? Què volia dir *sexy*? De cop, tots els llums d'alarma se li van encendre, però malgrat això li va seguir el joc:

—Moltíssim! Samarreta XXL de color blau elèctric i malles curtes blanques.

—Tot i que em refio de la teva descripció, m'estimaria més comprovar-ho per mi mateix. —Ell també tenia ganes de jugar.

Kas, per tota resposta, es va calçar i, d'un bot, es va plantar al passadís.

—Ens descobriran —va xiuxiuejar Kas.

—Has apagat el *rein*?

—Sí, però hi ha drons i càmeres —va objectar Kas.

—Aquesta és una ruta segura; d'això ja se n'han ocupat les bessones —la va tranquil·litzar Tyr.

Ell li va agafar la mà i, amb cautela, per la mateixa ruta que l'altra vegada, van sortir del centre. Robbie els seguia. Van caminar una estona pel desert fins a trobar un turó de roca no gaire alt. Amb Robbie en braços, Kas s'hi va enfilar amb dificultat.

—Aquest és el meu lloc secret —li va dir Tyr en arribar al cim.

—Molt bonic! —va exclamar ella admirant la lluna artificial—. Hi falten les estrelles —i en aquell moment es va entristir pensant en la mare i en la senyora Hipàtia.

—Què tens?

—Trobo a faltar la meva mare. Mai no havia estat tants dies sense saber-ne res.

—Ens diuen que ens podem connectar amb l'exterior, però no és cert. És una més de moltes mentides —li va dir Tyr.

Es va produir un llarg silenci, que va trencar Tyr.

—Ens estàs evitant? Fa dies que no sabem res de tu.

—Ets un exagerat. Ens veiem cada dia a classe.

—Sí, però després desapareixes.

Ella va acotar el cap.

—No ens creus?

—No és això. No vull problemes.

—Problemes?! Problemes són escapar-se a la nit a fer-se selfies a la Fàbrica com una inconscient.

—Ho sé. —Kas va reconèixer el cop baix que li havia engegat Tyr—. Però a tu no et conec de res. Em parles de la Resistència i de coses perilloses.

—No t'hem demanat que t'apuntis a les files de la Resistència. Tu vas dir que tenies preguntes i les vam respondre. Tampoc no et refies del professor Nèstor?

—No és això.

—Què és?

—No res, no m'atabalis. Necessito més temps per assimilar tota aquesta informació.

—La informació que has rebut només és la punta de l'iceberg. No hauries de faltar a les classes del professor Nèstor.

—M'ho pensaré.

—D'acord, no t'atabalo més.

I tots dos es van estirar en una roca i es van quedar allà observant la lluna artificial fins que gairebé va sortir el sol.

⅄ ⅄ ⅄

Kas va decidir continuar les classes clandestines del professor Nèstor. Tenia dues bones raons: trobar respostes i, la més important, estar més a prop de Tyr.

—Parlem d'art —va dir el professor.

—A l'estada a la City visitarem el Museu d'Art —va interrompre Kas. Les bessones li van fer mala cara—. La professora Alícia ens ha parlat d'una obra molt bonica, *La dona del somriure enigmàtic*, d'un pintor desconegut d'abans de la Reconstrucció.

—Quanta incultura! —va exclamar el professor—. El seu nom és *La Gioconda*, també coneguda com *Monna Lisa*, i la va pintar el gran Leonardo da Vinci! Kàssia, si us plau, ensenya'ns l'obra original.

El *rein* de Kàssia va projectar un holograma amb un quadre semblant al que els havia mostrat la professora Alícia, però amb uns colors que Kas no havia vist mai i sense moviment.

—S'hi assembla, però és diferent. M'agrada més el del Museu. Aquest està com brut —va observar Kas.

—Brut! Quanta ignorància!

Kas no havia vist mai el professor tan enfadat.

—El món no és en blanc i blau, per més que Magnus s'hi entesti. Mira't els cabells, la carn, aquest desert que ens envolta, tot el que no és artificial, tot el que no ha passat pel sedàs de Magnus té una gamma de colors meravellosos.

De cop, una imatge amb un arc de set colors va recórrer la paret fent la rateta. Les bessones van aplaudir. Kas de seguida va reconèixer la imatge. Era la mateixa que va veure projectada a les parets dels corredors de l'edifici de la Fàbrica.

—El símbol de la Resistència! —va exclamar.

La senyora Cynara, que semblava adormida, va fer un salt de l'ensurt.

—Calla, Entusiasta! Ens descobriran —li va cridar l'atenció Kaia.

—Tyr, apaga això! —li va ordenar el professor.

Ell va obeir i va apagar la imatge del *rein*.

—Què significa aquest arc? —va preguntar Kas, encuriosida.

—És l'arc de Sant Martí! Quan el sol no era artificial i hi havia pluja, de vegades sortia. És un dels espectacles més grans de la natura. Al meu Eudor i a mi ens agradava molt contemplar-lo —va explicar la senyora Cynara, que semblava que s'havia despertat.

—Pluja? —va preguntar Kas, estranyada.

—Gotes d'aigua que abans queien del cel —li va dir la senyora Cynara.

—Temo que s'ha acabat el temps —va dir el professor, mirant el *rein*.

—La culpa és teva! Fas massa preguntes —van recriminar les bessones a Kas.

—Aquesta nit us convido a la meva habitació càpsula per fer un experiment. Veurem un autèntic arc de Sant Martí! —els va proposar el professor.

Les bessones van picar de mans.

—Vol dir que hi cabrem tots? —va objectar Kas.

—Si no vens, de segur que tindrem més lloc. Ets una talla-rotllos! —va exclamar Kaia.

—No és la primera vegada que ens reunim a l'habitació del professor —va dir Tyr.

—I vostè, senyora Cynara, vindrà? —li va preguntar el professor.

—No m'ho perdria per res del món —va dir ella sarcàsticament, sense gaire entusiasme.

⅄⅄⅄

Kas va observar l'habitació càpsula del professor Nèstor amb Robbie en braços. Era ben igual que la seva. S'estirava, pensativa, el lòbul de l'orella. Impossible encabir-s'hi tots.

Les bessones es van encarregar de col·locar-los d'un a un, com en un tangram. Finalment, amb molt d'esforç, ho van aconseguir. Estaven tots com les sardines al barril. De cop, el professor va deixar totalment fosca l'habitació i va començar l'experiment. Va posar un got d'aigua sobre el llit. L'expectació era total. Hi va col·locar un mirall a l'interior en angle i llavors Robbie va dirigir llum cap al mirall.

—Oooh! —Tots van picar de mans en veure sortir l'arc de Sant Martí.

De cop, les bessones van començar a tamborinejar els dits a la paret. Tyr les va seguir.

—mi la si DO la mi la si DO la

mi la si DO si la DO si la MI MI MI

MI RE MI FA FA FA MI RE MI MI

RE DO si MI DO si la —repetia harmoniosament la senyora Cynara al ritme del tamborineig.

—Què és això? —va preguntar Kas, que no comprenia res.

—Música! —va exclamar el professor Nèstor, somrient.

—Música? —Kas no havia sentit mai aquesta paraula.

—Fa més de 50.000 anys els nostres avantpassats van inventar la música; és, doncs, una manifestació cultural universal. Després de la Reconstrucció, va ocórrer una cosa inesperada: Magnus va suggerir obligatòriament que totes les músiques havien de ser silenciades. Tot instrument que incités a l'eufòria havia de ser cremat, incinerat, guardat, oblidat. I així va ser i així es va complir, i el món s'ha convertit en avorrit i trist —li va explicar el professor Nèstor amb veu melancòlica—. Un homenet insignificant com Magnus ha prohibit la música! Quina ironia!

—No és tan insignificant. Magnus és un dictador poderós —va objectar Tyr.

—Nosaltres cantem notes! —van exclamar les bessones—. I tenim la nostra cançó:

«mi la si DO la mi la si DO la
mi la si DO si la DO si la MI MI MI
MI RE MI FA FA FA MI RE MI MI
RE DO si MI DO si la»

Tots van començar a cantar menys Kas.

—Me l'ensenyareu?

—No! —van dir les bessones alhora—. És la nostra cançó.

Kas va dibuixar una ganyota contrariada.

—No en facis cas. És clar! Jo mateix ho faré —digué Tyr.

—Vinga, a dormir, que s'ha fet molt tard! —va exclamar la senyora Cynara, i va donar per acabada la reunió.

⅄⅄⅄

Kas no podia dormir, les notes d'aquella cançó encomanadissa li bullien al cap. De cop, va sentir unes passes que s'acostaven a la seva habitació càpsula.

—Tyr! —va exclamar.

Instintivament, Kas es va pentinar i es va deixar anar els seu llargs cabells foscos. Tot d'una va sentir com tustaven a la porta i va córrer a obrir. Li va fer un salt el cor en veure les bessones.

—Què voleu? —va preguntar amb un fil de veu.

—Vinga! —va dir Kàssia empenyent-la cap enfora.

Kaia es va colar cap a dins de l'habitació i va agafar a Robbie en braços.

—Vaig descalça —les va intentar aturar Kas.

—No siguis llepafils, Entusiasta!

I, a la força, la van fer sortir de l'edifici i caminar descalça per la sorra fins a arribar al turó.

—El lloc secret de Tyr —va murmurar Kas.

—Sí, això ho diu a totes —va dir Kaia.

A Kas li va canviar el semblant.

—Vinga, cap amunt! —li van ordenar, i Kas va obeir sense esma. Eren dues i més fortes que ella.

En arribar a dalt de tot, Kàssia va treure un tornavís de la butxaca de la seva granota i es va acostar amenaçadora a Robbie.

—Kas. Kas. Kas —demanava auxili el robot amb la seva veu metal·litzada.

—No li feu mal —va suplicar Kas.

—Només és un robot, no sent ni pateix —va dir Kàssia, desmuntant la carcassa de Robbie i furgant entres cables i fils.

—Ui! Ui! Ui! —protestava la veu metal·litzada del robot.

Les llàgrimes regalimaven per les galtes de Kas.

—Per què sou tan cruels? —els preguntava entre sanglots—. Què us he fet jo?

—Mira que ets exagerada —va dir Kaia, a qui semblava que no afectessin les llàgrimes de Kas.

—Ja està! —va exclamar Kàssia, tornant a muntar el robot.

—Robbie, connecta't amb la mare —va ordenar Kàssia.

I, de cop, la imatge de la mare va aparèixer en el *rein* de Kas.

—Filla! —va exclamar sorpresa—. Però com és que t'han deixat connectar a aquestes hores? Jo ja fa dies que ho intento.

—Hola, mare de Kas, som Kaia i Kàssia, les seves millors amigues —van dir abraçant-la—. Aquesta connexió és pirata. Només té dos minuts per parlar amb la seva filla, així que aprofiti el temps! —va dir Kaia mentre totes dues feien un petó a Kas en cada galta.

Kas, incòmoda per tanta eufòria i amb una mica de fàstic, es va eixugar amb les mans les baves que li havien deixat a les galtes.

—Mare. Mare. Mare —repetia Robbie fent voltes.

—Són molt simpàtiques les teves noves amigues. Estàs bé, filla?

—Sí —va dir Kas amb un fil de veu. Encara no se'n sabia avenir, del que estava passant—. I tu?

—Ara que tinc notícies teves, millor. No deu ser pas perillosa, aquesta connexió? —va preguntar preocupada la mare.

—No, les bessones saben molt bé el que es fan —va dir, mirant-les de cua d'ull. Elles, satisfetes, van dibuixar un ample somriure—. El professor Nèstor també és a l'FDP.

—Que us fa classes? —va preguntar la mare, estranyada.

—No, també hi està internat per suggeriment obligatori.

—Què ha fet?

—Classes avorrides. —Kas va somriure per primera vegada.

—Pobre!

—Però és una sort, em cuida molt bé.

—S'ha acabat el temps —va dir Kaia, apagant Robbie sense que es poguessin acomiadar.

—Gràcies —els va dir Kas.

—Podràs connectar-te amb la teva mare dos minuts cada dia des d'aquest lloc a la mateixa hora que avui, ni un minut abans ni un minut després, o ens ficaràs en un bon embolic. Ho has entès, Entusiasta?

Kas va assentir amb el cap i les bessones van desaparèixer turó avall deixant-la descalça, amb Robbie en braços i amb un pam de nas. L'havien sorpresa i molt, les bessones. Era el primer cop que feien alguna cosa per ella i aquesta era la millor que podia fer ningú. Estava segura que era cosa de Tyr.

Sorpresa, va comprovar que allà tenia connexió amb les xarxes socials. Va buscar Tyr. Estranyament, n'hi havia molt poca informació; només hi havia penjades les fotos oficials. Ell particularment mai no s'havia fet cap selfie. Va estar temptada de posar-li un *like*, ara s'ho podia permetre, però no ho va fer, no volia que es pensés que estava interessada en ell, tot i que darrerament ocupava massa sovint els seus pensaments.

Ho va provar amb Nicole. Una trista amargor li va recórrer tot el cos en veure que la seva millor amiga, la seva única amiga, l'havia bloquejada en totes les xarxes socials; fins i tot l'havien expulsada de tots els xats. Quin mal havia fet ella?

—Quanta injustícia —va sanglotar abraçada a Robbie.

—Desconnecta. Desconnecta. Desconnecta —la va advertir el petit robot. Ella el va obeir de seguida. Allò havia estat una temeritat.

Asseguda al cim del turó, Kas s'estirava, pensativa, el lòbul de l'orella. Va observar el centelleig del llunyà tren bala. El vehicle blau avançava a gran velocitat en direcció a la Urbanització. A dins, mig adormides, hi anaven les persones que havien de preparar els suculents esmorzars dels benestants de la Urbanització. I va pensar una altra vegada en Nicole, però de seguida va foragitar el seu pensament. Ella també la bloquejaria i l'expulsaria, però no virtualment, sinó de la seva vida, de la de veritat, de la que es viu cada dia a peu de carrer.

1.403 *LIKES*

Per a Kas, les classes de la professora Alícia ara eren un pur tràmit i per aquest motiu els seus *likes* ja no augmentaven amb tanta alegria com ho feien al començament, quan la van internar a l'FDP. Intentava ocupar els seus pensaments en unes altres coses per no sentir-la. No suportava el seu somriure artificial, ni el to de la seva veu, ni l'èmfasi que posava en les paraules. I el pitjor de tot, la selfie final! Fins que no sortia perfecta, no els deixava marxar i ella frisava per acudir a les classes clandestines del professor Nèstor, que, al contrari que les de la professora, eren interessants, amb contingut i molt enriquidores.

—Oh, quina meravella! Quantes criatures belles que hi ha aquí! Que n'és, de bella, la humanitat! Oh, món feliç, en el qual viu gent així! —va començar a recitar el professor Nèstor davant la sorpresa de tots.

—Això és de Magnus! —va exclamar Kas.

Recolzant el mentó en els braços encreuats sobre la taula i mirant Kas de cua d'ull, Kàssia va dir:

—No pot callar! No pot callar! Em treu de polleguera.

—Estàs equivocada. Això és de l'obra de teatre *La tempesta*, de Shakespeare. Una altra gran mentida de Magnus! —va exclamar el professor Nèstor—. Avui parlarem de literatura i de llibres.

—Shakespeare? Literatura? Llibres? —Kas va engegar un munt d'interrogants com una metralladora.

—Ja hi som amb les preguntetes... I si calles una miqueta! —va dir Kaia a Kas sacsejant l'índex davant la seva cara.

Kàssia va assentir amb el cap, fent costat així a la seva germana.

—I si callem totes! —va exclamar la senyora Cynara—. Els llibres són com els tutorials de Magnus, aquests que ho expliquen gairebé tot.

—Passats pel seu sedàs i amb la seva particular manera de veure la vida —va objectar Tyr.

Al Centre d'Estudi els alumnes s'instruïen amb tutorials, vídeos explicatius de la història de la Reconstrucció i de diverses matèries en els quals Magnus era el protagonista principal.

—La literatura és l'art d'escriure, és el coneixement i les ciències de les lletres en general. Es pot entendre com a literatura qualsevol tipus de text —va explicar el professor Nèstor.

—Llavors, Magnus fa literatura en els seus tutorials —va concloure Kas.

—No —va respondre, taxativa, la senyora Cynara.

—No ho entenc —va dir Kas.

—Calla! —li van ordenar les bessones alhora.

—La mal anomenada *Reconstrucció de Magnus* és en realitat una gran destrucció de la cultura, de Shakespeare, Plató,

Aristòtil, Jonathan Swift, William Faulkner, Orwell, Bradbury i els poemes de, bé, Robert Frost, John Donne i Robert Herrick. I les escultures colossals de Miquel Àngel, El Greco, Renoir i Miró i tants d'altres. I, també, de Huxley, Picasso, Beethoven...

—I Da Vinci! —va interrompre la senyora Cynara.

Kas mai de la vida no havia sentit a parlar de cap d'aquelles persones.

—Ens governa la incultura! La cultura, absolutament tota, ha desaparegut, perquè incita a pensar i a qüestionar el poder, en comptes d'abandonar-se a l'hedonisme imperant recomanat per Magnus —va continuar el professor.

—Pensar per un mateix impedeix ser estúpidament feliç —va afegir Tyr.

—No es pot obligar ningú a ser feliç per decret —va sentenciar la senyora Cynara.

Kas no comprenia quin problema tenien els seus nous amics a ser feliços, però es va mossegar la llengua i no va dir res.

—Al principi de la Reconstrucció, Magnus va suggerir obligatòriament fer desaparèixer tots els llibres, i per això es feien grans fogueres a les places de les ciutats i dels pobles —explicava el professor Nèstor.

—Del cel plovien les lletres dels llibres i cendra il·lustrada tapava el cel. No es podia respirar. Quina tristesa —va interrompre la senyora Cynara—. Molts intentàvem salvar els llibres. Es va fer una gran cadena clandestina. Els amagàvem als llocs més inaudits, els enterràvem. Fins i tot hi va haver gent que els memoritzava per no oblidar-los mai. Transmetia la literatura oralment, esperant el moment en què la societat permetrà de nou el retorn de la cultura.

—Expliquen que la Resistència en va salvar molts. A la Muntanya hi ha la biblioteca més gran del món sencer —va afegir Tyr.

—Biblioteca? —va preguntar Kas.

Les bessones van dibuixar una ganyota.

—Temps. Temps. Temps —els va advertir la veu metallitzada de Robbie.

—Aquesta és la darrera classe —els va anunciar el professor—. Aviat s'acaba el meu internament voluntari —i en pronunciar aquesta paraula va dibuixar unes cometes en l'aire.

—Oooh! Quina ràbia! I ara què farem? —va preguntar Kas.

—Molt empàtica, nena! —li va dir Kaia.

—Te n'hauries d'alegrar pel professor —li va retreure Kàssia.

—Ho sento. I tant que me n'alegro, però m'agraden tant les seves classes que sento molt que acabin.

—No s'acaben. Quan sortim continuem assistint a les classes —li va explicar Tyr.

—On? —va preguntar, encuriosida, Kas.

—A casa meva —va dir el professor.

—On viu? —Kas continuava fent preguntes.

—Al mateix Centre d'Estudis hi ha una residència per a docents; hi tinc una habitació —li va aclarir el professor.

—I jo podré venir a les seves classes?

—Nooo! —van dir les bessones alhora.

—És clar —la va convidar el professor.

—I la meva mare? —li va preguntar Kas.

—Si ella vol venir, també serà benvinguda —va dir el professor, a qui va sorprendre aquesta pregunta.

—Gràcies! —va somriure Kas, contenta.

Com era habitual, Kas havia obtingut moltes respostes en aquella darrera classe a l'FDP, però al seu cap encara hi bullien més interrogants.

⅄⅄⅄

Com cada nit, Kas s'escapava de l'FDP i enfilava el turó amb Robbie en braços per comunicar-se amb la mare. En arribar a dalt de tot es va trobar una bona sorpresa.

—Tyr! —va exclamar. La cara se li va il·luminar, però de cop li va canviar—. Ho sento, no vull molestar-te, però és que m'he de connectar amb la mare. Ho faig i me'n vaig.

—T'estava esperant.

Kas va somriure mentre es desfeia la cua dels cabells. No va tenir temps de respondre. Robbie ja l'havia connectada.

—Mare!

—Com estàs, filla?

—Molt bé. Aquest lloc no és tan dolent com sembla. Cada dia faig classe amb el professor Nèstor.

—Però no m'havies dit que ell estava també internat?

—Ens ensenya coses d'abans de la Reconstrucció. Avui ens ha parlat dels llibres!

—Però això és molt perillós, està prohibit! En què pensa, el professor?

Kas no va respondre la pregunta.

—Llàstima que marxi aviat. Però m'ha dit que continuarà les classes a la seva residència al Centre d'Estudis. Ens hi ha convidat a totes dues.

—A mi també? I què li fa pensar, a aquest professor, que jo necessito classes.

—Ja veuràs com t'agrada. Saps si ja han ocupat l'apartament de la senyora Hipàtia? —va preguntar Kas per canviar de conversa.

—No, encara no. Per què ho preguntes?

—He conegut una senyora gran. Em recorda la senyora Hipàtia, però més malcarada. Des que el seu marit va marxar al Paradís, sempre està trista i malhumorada, el troba molt a faltar, i he pensat que podria venir a viure al nostre bloc per no estar tan sola. Encara no li he dit res d'això.

—Pobra! No pateixis, demà mateix ho esbrino.

—Gràcies, mare, ets la millor!

—Ves amb compte, filla. No sé si m'agrada que facis classes amb aquest professor.

I, de cop, Robbie va tallar la connexió. S'havia esgotat el temps.

—T'estimo —va dir Kas, conscient que la seva mare ja no la sentia.

—No et posis trista, Kas, aviat tornaràs amb ella —li va dir Tyr agafant-li la mà.

Kas es va sorprendre; s'havia oblidat d'ell.

—Només ens tenim l'una a l'altra —va dir ella—. I tu? No m'has explicat res de la teva família.

—Visc amb el meu oncle.

—I els teus pares?

—És una història molt llarga.

—Tenim temps fins que surti el sol.

Ell va seure al seu costat, es va inclinar cap a ella i li va explicar suaument:

—Quan era petit, vivia a la Urbanització amb els meus pares i el meu germà. Gairebé no me'n recordo. Jo tenia tres anys i el meu germà, disset. Un dia van venir a buscar els meus pares.

—Qui?

—Els *andros*. Els meus pares col·laboraven amb la Resistència. I ja no he sabut mai més res d'ells.

—I el teu germà?

—Al cap de poc temps d'aquests fets es va acomiadar de mi, em va dir que marxava cap a la Muntanya i que em vindria a buscar quan estigués instal·lat. Encara l'espero. El meu oncle és l'única família que tinc —es va lamentar Tyr—. I el teu pare? Sempre parles de la teva mare, però mai no expliques res d'ell.

—No en sé res, mai no el vaig conèixer.

—I no ho has preguntat a la teva mare?

—No, suposo que quan estigui preparada m'ho explicarà.

—Potser és una persona important. I si viu a la City? —va elucubrar Tyr.

—Pot ser. Una persona important amb al·lèrgia al compromís i als fills, o encara pitjor, una persona que consideri que jo he estat un accident en la seva vida i no vulgui saber res de mi. —Kas es va entristir.

Tyr li va agafar fort la mà i la va atreure cap a ell, fins que van quedar cara a cara. La mirava fixament amb els seus intensos ulls blaus, els mateixos que la van atrapar aquell dia a l'edifici de la Fàbrica. I sense saber per què, Kas, cedint a un impuls, li va fer un petó molt dolç als llavis, el seu primer petó. Ell va sentir els llavis suaus de la noia contra els seus, deliciosament càlids, i li va correspondre sorprès. Sentia una absoluta incredulitat. No estava acostumat que les noies portessin la iniciativa. Quan van separar els seus caps, tots dos van sospirar profundament.

I, de cop, Kas li va amollar la mà i va sortir disparada amb Robbie en braços.

1.629 *LIKES*

Kas no va poder aclucar l'ull en tota la nit. Què havia fet? Mai de la vida no havia fet un petó a cap noi. Havia flirtejat, sobretot a les pantalles, enviant corets, paraules pujades de to, alguna foto, però sempre amb la pantalla entremig. Havia estat espontani. Tyr havia capgirat la seva vida, des del mateix moment que les seves mirades es van encreuar a l'edifici de la Fàbrica.

Així que va sortir el sol, es va aixecar i se'n va anar a córrer acompanyada de Robbie. Necessitava aclarir la ment, posar-hi ordre, però, tanmateix, no ho va aconseguir. Mentre corria, la seva ment li retornava els llavis de Tyr, aquell petó tan dolç.

De cop el *rein* la va avisar: l'FDP li havia sumat 30 *likes* per matinera i per fer esport. Això era una actitud positiva.

Tant de córrer li va fer venir gana. Pensava que era molt d'hora i que no trobaria ningú a la classe. En entreobrir la porta, va veure la senyora Cynara. Era la imatge de la tristesa personificada, sola, asseguda al mig de l'estança, amb la mirada perduda. Va pensar en la senyora Hipàtia, i la tristesa, també sense permís, es va instal·lar en ella.

—Bon dia. Fa un dia meravellós —li va dir fent-li un petó a la galta. Sense saber com, aquell costum de les bessones s'havia instaurat en tot el grup.

La senyora Cynara no va respondre.

—Una galeta energètica i un batut —li va oferir—. No hi ha res com començar el dia amb un bon esmorzar. Ho diu la meva mare i mai no s'equivoca.

—Gràcies, Kas.

Les dues dones van restar una bona estona en silenci.

—Avui tens una mirada especial, brillant. —La senyora Cynara va trencar el silenci sorprenentment.

Kas va envermellir fins a les orelles i va acotar el cap. Tant se li notava?!

—Això no deu tenir res a veure amb un noiet insolent que totes dues coneixem? —Semblava que, com la mare, li llegia el pensament.

Kas va assentir amb el cap.

—Ahir li vaig fer un petó —va confessar amb un fil de veu.

—M'agrada que les noies porteu la iniciativa! —va exclamar la senyora Cynara.

—No ho havia fet mai.

—Bé hi havia d'haver una primera vegada. El meu Eudor també va ser el meu primer petó. T'explicaré un secret —va dir xiuxiuejant—: també vaig ser jo qui va prendre la iniciativa.

—Sí?! —es va estranyar Kas.

—Aquí on em veus, jo també he estat jove —va dir feliç, mostrant un ampli somriure—. Abans de la Reconstrucció, ben igual com ara, els restaurants eren caríssims, i el meu Eudor va haver d'estalviar dos sous per poder convidar-me. Per sort, encara no s'havia instaurat el sistema de *likes*. Havent dinat, em va acompanyar a agafar l'autobús. Jo havia d'anar a treballar. Parlàvem mirant-nos als ulls mentre ens acomiadàvem. En aquella època, tot i que ja existien els *reins*, ens miràvem a la cara quan parlàvem, igual que fem nosaltres. Sense saber com, em vaig llançar i li vaig fer un petó; va quedar de pedra, no s'ho esperava. Vaig pujar a l'autobús i vaig desaparèixer. —Els ulls de la senyora Cynara es van il·luminar en recordar aquells moments tan feliços.

—Ben igual que jo! Vaig fugir corrent del turó i ara em moro de vergonya. No sé com he de reaccionar quan el vegi.

—La vergonya cria ronya! T'has de comportar de manera natural. El més important és com reaccioni ell.

—I si no li ha agradat? I si soc una noia més? I si no sent el mateix per mi?

—Quantes preguntes! Tens sort que no són aquí les bessones —va exclamar la senyora Cynara, rient.

—Les bessones! —Kas va mirar cap a totes bandes, espantada.

—Aquest noi està boig per tu, t'ho puc ben assegurar.

—Com ho sap?

—Perquè sou transparents com el vidre.

—Et pot enamorar una mirada? —li va preguntar Kas.

—I tant! I més ara que estan prohibides o, com diu Magnus, no són convenients.

—Si fins i tot està prohibida la paraula *prohibit*, i tot són suggeriments obligatoris —es va lamentar Kas—. No sé on anirem a parar!

—Però això no ha de ser sempre així. Per això hi sou els joves, per canviar les coses.

—Sí. Però com?

—De segur que se us acut alguna cosa. No has de defallir, ets una dona valenta i lluitadora! —li va dir agafant-li fort la mà.

Kas va agrair molt les seves paraules.

—Saps què em va enamorar del meu Eudor?

—Què? —va preguntar Kas, encuriosida.

—No va ser aquell dinar tan deliciós i car, ni la seva bona planta, ni la seva intel·ligència, que n'era, i molt, d'intel·ligent. Abans d'entrar al restaurant em vaig quedar una bona estona observant-lo. Estava nerviós, em buscava amb la mirada. Ell, que semblava l'home dels nervis d'acer, recorria la vorera com un enamorat. —La senyora Cynara va somriure.

—Oooh! Que bonic! —va exclamar Kas.

De cop, va entrar el professor Nèstor acompanyat de les bessones.

—Què és això tan bonic? —va preguntar Kaia.

—Per cert, senyora Cynara —va canviar de tema Kas—, al meu bloc ha quedat un apartament lliure; està justament porta a porta amb el meu apartament. L'únic inconvenient és que l'ascensor no s'atura al nostre pis i s'ha d'agafar un pis més amunt.

—Més amunt? —va preguntar Kàssia.

—Vivim al 101, però hem de prémer el botó del 102 i per baixar al carrer també hem de pujar al 102. Tot i que és més lògic baixar al 100, però l'ascensor, encara que s'atura aquí, no ve si se'l crida des de dalt. Ningú no s'ha preocupat mai d'arreglar aquest problema. —Kas no podia parar de parlar, estava molt nerviosa, tement que d'un moment a l'altre entrés Tyr per la porta.

—Ep! No patiu. En sortir d'aquí, Kàssia i jo us ho solucionem —va dir Kaia, mostrant el tornavís que duia a la butxaca de la granota.

—He pensat —va continuar Kas— que estaria molt bé que vostè vingués a viure amb nosaltres. Ho he preguntat a la mare i estaríem encantades de tenir-la de veïna.

—No ho sé, he viscut moments molt feliços amb el meu Eudor al nostre apartament —va dubtar la senyora Cynara—. D'altra banda, ara em trobo molt sola.

—No s'ho pensi més —la va animar el professor Nèstor—. Amb Kassandra i la seva mare estarà molt bé.

—Sí, teniu raó, m'anirà bé un canvi —va dir la senyora Cynara, agafant la mà de Kas.

I de cop va entrar Tyr. Kas va quedar muda i va envermellir fins a les orelles. Les bessones els miraven a tots dos. S'ensumaven alguna cosa.

—Bon dia! —va exclamar Tyr sense mirar Kas.

—Bon dia —va respondre ella amb un fil de veu.

—Bon dia. Bon dia. Bon dia —va repetir Robbie amb la seva veu metal·litzada.

La senyora Cynara i el professor Nèstor es van mirar i van somriure.

Potser era una sensació, però Kas va notar Tyr distant, com si l'evités. Tot i que la temia, en realitat no comprenia aquella reacció. Ell li havia correspost amb el petó. Hauria d'esperar a estar a soles. De segur que la seva actitud canviaria.

Tot d'una, el seu *rein* la va avisar dels 50 *unlikes* per una conversa inapropiada amb la senyora Cynara. Kas no es va immutar. Ara la seva prioritat era Tyr. Li importaven molt poc els *likes* i els *unlikes*.

⅄⅄⅄

Passaven els dies i l'actitud de Tyr era la mateixa: distant. Era evident que l'evitava. Ella havia interpretat malament els seus sentiments, s'havia precipitat i ara ell no volia saber res d'ella. Aquell sentiment de rebuig li impedia respirar. Se sentia ridícula. Com havia pogut pensar que un noi com Tyr es podia fixar en una noia insignificant com ella? Intentava calmar-se. Davant seu, feia com si no li importés la seva actitud i es mostrava indiferent. Dissimulava el seu neguit i l'única manera de foragitar-lo era córrer. Es llevava molt d'hora i feia voltes i més voltes a l'edifici acompanyada de Robbie. Un matí, el professor Nèstor la va sorprendre.

—No sabia que li agradava córrer, professor —va dir Kas, contenta de veure's acompanyada.

—Quan era un jove universitari, formava part de l'equip d'atletisme —va dir tot orgullós.

Kas se'l va mirar. Se li feia estrany veure'l jove i universitari.

—Abans de la Reconstrucció? —es va interessar ella.

—Sí —va dir entre estossecs el professor, aturant-se i agafant aire. No podia seguir el ritme de Kas.

Tots dos van seure en una pedra grossa del camí de grava.

—Aquesta trobada no ha estat casual... —li va dir Kas, mirant-lo als ulls.

—M'has enxampat. Marxo demà passat de l'FDP i volia parlar amb tu abans. Fa dies que et trobo molt trista. Que et passa alguna cosa?

Kas va abaixar el cap.

—Si no m'ho vols explicar, ets lliure de no fer-ho.

—No és això, però em fa vergonya.

—És per Tyr?

—Sí —va respondre ella, i es va envermellir fins a les orelles.

—Vols que hi parli.

—No, si us plau, no ho faci —es va afanyar a dir Kas.

—D'acord. Però vull que sàpigues que pots comptar amb mi sempre que vulguis.

—Ho sé, professor.

Van estar una bona estona callats i, finalment, Kas va trencar el silenci.

—Vostè també creu que es pot viure fora de la cúpula? —li va preguntar Kas, mirant l'horitzó.

—No ho sé, Kas. Però d'una cosa estic segur: hi ha més cúpules arreu del món. Aquesta va ser la primera, es va muntar de manera experimental.

—Experimental?

—Sí, abans de la Reconstrucció els científics ja ens van avisar que tot això s'esdevindria: l'escassetat de recursos, d'aliments, la mala qualitat de l'aire... Es van reunir les ments més brillants d'arreu del món i van idear aquesta cúpula, que ens preservava de l'exterior.

—Llavors som com formigues en una capsa. —Kas va sospirar.

—Bé, Magnus és més aviat un escorpí —va fer broma el professor.

—I la Muntanya? Vostè pensa que existeix? —va continuar Kas.

—Ho vull creure. És una manera de tenir esperança —li va dir agafant-li la mà afectuosament—. Soc conscient que en un període molt breu has hagut d'assimilar molta informació, i no és fàcil, però és qüestió que et prenguis el teu temps. No tinguis pressa. De mica en mica tot es posarà al seu lloc.

—Sí, en un tres i no res, m'he adonat que visc en una mentida, que la meva millor amiga no era la meva millor amiga i que al noi que jo pensava que li agradava li soc indiferent —va dir Kas, trista.

—Bé, has fet nous amics i, si et soc sincer, no penso que a Tyr li siguis indiferent.

—Vostè ha vist com em tracta? Digui'm què he de fer?

—Temo que no et puc ajudar. No en sé gaire, de qüestions amoroses.

—No ha tingut mai parella?

—Sí —va dir el professor, amb el cap cot. Li havia canviat el semblant.

—Ho sento, no volia incomodar-lo.

Es va tornar a fer el silenci.

—Tenia una dona i una filla de tres anys meravelloses, però durant la Reconstrucció, quan hi va haver la gran pandèmia de grip es van contagiar. Van començar amb febre, mal de cap i mal de coll i les vaig ingressar en un hospital de campanya. Estaven repartits per la majoria de les places de la ciutat. Encara avui sento la pudor de putrefacció i de mort d'aquell lloc —i va fer una pausa molt llarga. La seva veu tremolava, però va aconseguir continuar—. Un dia vaig veure com les mans i la cara de la meva filleta es tornaven d'un to lavanda pàl·lid. Al cap d'uns dies, la seva pell es va tornar negra, li van caure els cabells i les dents. A la meva dona li va passar el mateix. Van morir totes dues amb dos dies de diferència. —Les llàgrimes li espurnejaven als ulls—. No vaig poder salvar-les —va dir com per a ell mateix—. Et dec semblar un boig, però alguns matins, quan em desperto, encara em fa l'efecte que són amb mi, i els dic bon dia, i els parlo.

La veu del professor sonava feble i llunyana, trista. Kas no va poder reprimir fer-li una abraçada, i, de cop, ell es va posar a plorar com un nen petit. Feia molts anys que reprimia aquelles llàgrimes. Allò a Kas li va produir una gran tendresa.

Van restar molta estona abraçats, fins que finalment el professor es va calmar.

Kas va recordar que la senyora Hipàtia havia parlat de la gran pandèmia de grip. Va afectar la tercera part de la població mundial i va causar la mort de no menys de 100 milions de persones. Una gran catàstrofe que va truncar milers de famílies. Ni per pensaments no s'hauria imaginat que el professor n'era una víctima.

—Ho sento, Kas. Jo havia vingut a consolar-te i ho has hagut de fer tu... —va balbucejar el professor. Era la primera vegada que li deia pel seu nom escurçat.

—Fem una cursa! —el va tallar Kas.

I, de cop, tots dos es van posar a córrer com si els hi anés la vida, tallant l'aire, tan ràpidament com podien, per aturar els pensaments, per foragitar la tristesa. La cursa no era entre ells.

⅄ ⅄ ⅄

—Oh, quina meravella! Quantes criatures belles que hi ha aquí! Que n'és, de bella, la humanitat! Oh, món feliç, en el qual viu el nostre líder Magnus! —va exclamar la professora Alícia amb un ampli somriure mirant les pantalles. Anava carregada amb un enorme pot de vidre tancat hermèticament amb una tapa de color blau cel de plàstic.

Tots van repetir aquelles frases sense esma, asseguts als seus seients.

—Avui us he portat una sorpresa: galetes d'eruga! —va exclamar—. Tinc entès que a algú li agraden molt —va dir fent una veu infantil mirant la pantalla de dalt del seient de Kas.

Les bessones van picar de mans, tot el contrari que Kas, que havia mudat el color. Com sabia la professora que a ella li agradaven les galetes d'eruga?

—Jugarem a un joc molt divertit! Us faré una pregunta i si l'encerteu us donaré una galeta i 10 *likes*! —va exclamar eufòrica—. Que bé que ens ho passarem! —i es va apartar perquè veiessin millor el pot sobre la taula.

Les bessones van tornar a picar de mans, hipnotitzades pel pot de galetes. La primera pregunta, com no podia ser d'una altra manera, la van encertar elles; eren les úniques que tenien interès a jugar a aquell joc estúpid, i la segona també, i la tercera...

—Si us plau, no mengeu galetes a classe —les va advertir la professora, però ja era massa tard—. I ara tu, Kassandra, una pregunta...

—Quan jo era molt petita —va interrompre la senyora Cynara— van venir uns firaires al meu poble acompanyats d'un os.

—Què és un os? —Ara eren les bessones les que interrompien amb la boca plena de galetes.

La professora Alícia va fer un gest amb la mà indicant silenci.

—Un os és un animal. Fa molt de temps que els animals han desaparegut, només queden insectes... També han desaparegut les flors, i la mar, i les estrelles. —La senyora Cynara va fer una pausa.

Kas va sentir una punxada a l'estómac. Les galetes i les estrelles li recordaven la senyora Hipàtia. La senyora Cynara també.

—I el meu Eudor, tot ha desaparegut —va continuar parlant, molt trista, la senyora Cynara.

—Ens sembla una història molt interessant, però ja ens l'explicarà en una altra ocasió —va indicar la professora—. Tornem a la pregunta, Kassandra...

—L'animal ballava a la plaça al so d'una flauta, i si ho feia bé, el recompensaven amb una galeta, ben igual que fa vostè amb nosaltres. —La veu seca i fatigada de la senyora Cynara va tornar a interrompre la professora després d'una pausa.

—No és ben bé igual, però sí que té la mateixa lògica. És una recompensa per la feina ben feta —li va explicar la professora—. Com et preguntava, Kassandra...

—No ens farà ballar al seu so! —I, de cop, la senyora Cynara es va aixecar de la cadira, es va acostar al pot de les galetes i el va tirar a terra. El pot es va fer miques. Va envermellir d'ira i, després, es va girar remugant entre dents.

—Què li passa? —va preguntar dissimuladament Kas al professor Nèstor. Aquella actitud no era normal; feia un temps que la senyora Cynara estava de més bon humor.

—Avui és el seu aniversari de casament —li va xiuxiuejar el professor.

Kas va sentir una profunda tristesa.

—Aquesta no és una actitud positiva, senyora Cynara —la va reprendre la professora—. Si us plau, torni al seu seient.

—I si no vull?! Què farà? —la va reptar la senyora Cynara—. Utilitzarà la força ben igual que ho van fer amb el meu Eudor.

Hi havia un gran silenci. Tots miraven amb molta tendresa la senyora Cynara. Tots menys la professora Alícia, que l'observava a través de la pantalla.

—Ell no volia anar al Paradís. —Va fer una pausa—. Quin Paradís?!

—Faci el favor, no m'obligui a cridar els de seguretat. —El canvi en el to de veu era extraordinari. De cop i volta, l'expressió de la professora es va tornar seriosa i concentrada.

Per tota resposta, la senyora Cynara va llançar una cadira contra la gran pantalla que presidia la classe, hi va fer una esquerda que la travessava de dalt a baix i es va fondre. Ràpidament van entrar els de seguretat, però aquests no eren els que anaven amb el vestit jaqueta blau fosc i l'armilla; eren *andros*. Amb una puntada de peu van fer caure la senyora Cynara. Ella va intentar resistir-se i la segona puntada li va anar directa a la cara. La sang corria pel rostre de la pobra dona, però semblava que no volia rendir-se. Els *andros* tampoc.

Kas es va aixecar en un vol i es va interposar entre els *andros* i la senyora Cynara.

—Kassandra, torna al teu seient, si us plau, i deixa que l'Andropol faci la seva feina —li va ordenar la professora Alícia.

La senyora Cynara gemegava de dolor a terra. Els seus ulls es van clavar en els de la professora amb una expressió de súplica, que semblava més de temor que no pas de dolor. Un *andro* va intentar apartar Kas d'una bufetada; va ser tan forta que el cap li anava com una campana. Per tota resposta, Kas li va llançar una cadira. De cop, tots els *andros* van caure a sobre de Kas. Tot eren puntades de peu, cops de puny i empentes. Ella era a terra feta un cabdell.

Tyr va fer l'intent d'aixecar-se per defensar-la, però el professor Nèstor li ho va impedir. Els *andros* les van posar totes dues de genolls i les van emmanillar amb brides metàl·liques als canells.

Les bessones van començar a tamborinejar amb els dits la seva cançó. Tyr les va acompanyar i el professor també s'hi va afegir, davant la cara atònita de la professora Alícia.

Els *andros* es van endur Kas i la senyora Cynara.

—Kas. Kas. Kas —repetia Robbie, amb la seva veu metallitzada, mentre les seguia.

Kaia el va aturar i el va agafar.

De cop, els *reins* els van avisar que havien desaparegut tots els seus *likes*. La classe s'havia acabat. Tots quedaven confinats a les seves habitacions càpsula fins a nou suggeriment.

1000 *LIKES*

Kas es va despertar en una habitació càpsula totalment encoixinada de color blanc. Tenia si fa no fa la mateixa mida que la seva, però no s'hi veia cap element, només el llit. Sense cap aparell, sense mirall, amb tres llums blancs que il·luminaven l'estança i que, com va poder comprovar, no s'apagaven mai. Va observar el seu *rein*; estava totalment desconnectat. Tenia la boca pastosa. Li havien injectat algun narcòtic.

De sobte, es va obrir un compartiment amagat i en un calaix va aparèixer una ampolla amb un líquid i una barreta energètica. El silenci era aclaparador, emanava del terra i de les parets encoixinades, el sentia com una cosa visible. Es va aixecar d'un bot, va volar cap a la porta i va començar a colpejar-la amb la part inferior dels palmells de les mans. Kas no comprenia res, intentava respirar a poc a poc i mantenir la calma, foragitar el pànic. La seva ment anava com unes debanadores. Com havia arribat a aquella situació? S'estirava, pensativa, el lòbul de l'orella.

Va passar incomunicada uns dos dies, sense distingir el dia i la nit. Només tenia noció del temps per les barretes energètiques que li subministraven. Kas va suposar que eren tres al dia i en total n'hi van donar set. De cop, es va obrir la porta en el mateix instant que es va posar en marxa el seu *rein*. Va poder comprovar que els seus *likes* estaven a zero.

—Oh, quina meravella! Quantes criatures belles que hi ha aquí! Que n'és, de bella, la humanitat! Oh, món feliç, en el qual viu el nostre líder Magnus! —van exclamar els dos androides uniformats amb vestits de color blau fosc, armilla inclosa, que s'havien connectat al *rein* de Kas i dibuixaven un ampli somriure.

Ella va respirar alleujada; no eren *andros*. Els observava des del *rein* i els va respondre amb la mateixa frase, intentant dibuixar el millor dels seus somriures.

Li van suggerir que els seguís i ella ho va fer en silenci, amb molta dificultat. Les cames li feien figa; li costava caminar. Es van dirigir cap al despatx de la professora Alícia, que la va rebre amb un ampli somriure.

—Seu, Kassandra —li va ordenar, indicant el seient amb la pantalla a sobre—. Em pots explicar què t'ha passat? A que és deguda tanta violència? Això no és normal en tu.

A Kas li van venir a la boca les paraules de la mare, «Defineix normal», però no li va sortir cap mot. Per tota resposta va acotar el cap. Se sentia cansada i aclaparada.

La professora Alícia va allargar el silenci; no estava disposada a renunciar a l'explicació de Kas i no pensava posar-li-ho fàcil. El silenci queia pesadament i Kas sentia la tensió gairebé com una calor excessiva, insuportable.

—En realitat no sé què m'ha passat. Vaig veure la senyora Cynara a terra, ferida, i vaig voler protegir-la. —Finalment, Kas es va rendir.

—Protegir-la? Ningú no li vol cap mal, a la senyora Cynara.

—Ho sé —va dir Kas amb el cap cot—. Em sap greu, demano disculpes. —Havia après la lliçó.

—Molt bé! Aquesta és l'actitud. Com bé saps, tota acció negativa ha de tenir una reacció positiva, així que hem allargat l'internament voluntari tres mesos més.

—Tres mesos! És molt!

—No, no ho és. De tota manera, si canvies d'actitud, potser, només potser, l'escurçarem.

—Gràcies, professora.

—T'he d'advertir que intentaré que aquest incident no afecti la tramitació de la teva beca, però no et puc assegurar res. Agredir l'Andropol és un fet molt greu.

Kas no va respondre. Després de tot el que s'havia assabentat, no tenia cap interès a visitar la City. Només volia tornar amb la seva mare. Però va dissimular. Havia après a tenir l'actitud correcta i a respondre amb la frase adequada.

—No facis aquesta cara. Tinc una sorpresa per a tu.

Se li va il·luminar el rostre; es pensava que seria la seva mare, però ràpidament va esborrar el somriure en veure aparèixer Nicole a la gran pantalla que presidia el despatx. Va restar bocabadada durant un instant. Després, la sorpresa es va esvair i va ser reemplaçada per una descurada indiferència.

—Hola, Kas! Estàs horrible.

Encara no s'havia canviat la granota ni havia pogut oxigenar-se, i portava els llargs cabells bruts i embullats, estava pàl·lida, demacrada i ullerosa.

—Hola, Nicole. En canvi, jo et veig molt bé —va respondre amb una lleu ironia, gairebé pesarosa.

—Gràcies. El pintallavis és nou.

—No pensava tenir notícies teves. He vist que m'has bloquejat en totes les xarxes socials i que m'has expulsat de tots els xats. —En acabar la frase, Kas es va empassar la saliva. Havia parlat de més: al centre no hi havia comunicació amb l'exterior. S'havia descobert. Va mirar de cua d'ull la professora Alícia i va respirar alleujada. Semblava que no se n'havia adonat.

—Ho sento. Però els nostres pares pensen que no ets una bona influència per a nosaltres.

—Els nostres? Vosaltres?

—Sí, els de tota la colla. I el meu avi també ho pensa.

Kas es va mossegar la llengua. No volia agreujar la seva situació.

—Això és temporal —va dir la professora—. Quan canviïs d'actitud, tot tornarà a ser com abans.

Kas no va respondre, sabedora que mai·res no tornaria a ser com abans.

—Mira! Ens hem fet una selfie tota la colla per a tu —li va dir Nicole, i, de cop, a la pantalla van sortir tots els que la van acompanyar aquella nit a l'edifici de la Fàbrica, contents i somrients, lliures—. T'esperem, Kas! Fes bondat!

I la imatge de Nicole va desaparèixer. Kas va arribar a la conclusió que Nicole tenia la mentalitat més estúpida, vulgar i vàcua que mai havia conegut. Tot i això, no va moure ni un múscul de la cara que demostrés desgrat. Mantenir el rostre sense expressió no era difícil; fins i tot podia controlar la respiració. L'única cosa que no podia dominar eren els batecs accelerats del cor.

—Ho veus? Aquesta és la teva vida i aquests són els teus amics, la teva gent. No els vols recuperar?

—És clar —va mentir Kas, que en realitat havia perdut tot l'interès per aquestes persones.

—Aquesta és l'actitud positiva! —La professora Alícia es repetia—. Ara ja pots marxar, que aviat començarà la classe i t'hauràs d'agençar una mica. Té tota la raó la teva amiga Nicole, estàs horrible. Però abans ens farem una selfie! No et preocupis pel teu aspecte, perquè això ho arreglo jo. Hi sortiràs fantàstica!

El *rein* de la professora es va enlairar i Kas li va dedicar un dels seus millors somriures. La professora va fer uns retocs a la foto i la va penjar a les xarxes socials. Tothom podria comprovar que a l'FDP la gent era feliç.

—Gràcies —va repetir una altra vegada Kas mentre es dirigia cap a la porta. I de cop va fer marxa enrere.

—I la senyora Cynara? Es troba bé? —va preguntar preocupada.

—Ah! Que no t'has assabentat de la bona notícia? Està estupenda! Magnus li ha concedit poder reunir-se amb el seu marit al Paradís abans d'hora. Ens ha costat molt aconseguir aquesta excepció.

—Oh! Quina bona notícia! —va exclamar Kas, contenta—. Quina alegria!

—Sí, Kassandra. Ja no t'has de preocupar mai més de la senyora Cynara —li va dir, mentre amb la mà l'apressava perquè marxés—. Ah, me n'oblidava... —la va tornar a aturar.

—Digui.

—Què eren aquells copets que donaven els teus companys?

—Quins copets?

—Sí, quan els membres de seguretat us acompanyaven a la sortida. Era com si tamborinessin alguna cosa.

—No sé de què em parla, professora. El cert és que en aquells moments estava bastant atordida i no era conscient dels meus actes ni dels de la resta. —Kas va mentir. Tenia l'expressió sòbria i tranquil·la. Podia sentir sobre la seva cara la màscara darrere la qual s'amagava—. Vol que els ho pregunti?

—No, no cal.

De sobte, a la gran pantalla va desaparèixer la professora Alícia i va aparèixer l'estrateg Cares. Kas es va sobresaltar.

—Estrateg Cares, quina sorpresa —va dir dirigint-li el més gran dels seus somriures—. Pots marxar —va ordenar a Kas amb impaciència—. Ah! I recull-te els cabells. Els detalls, com diu Magnus, condueixen a la virtut i la felicitat.

Kas va fer mitja volta i va dibuixar un ampli somriure. Havia descobert la gran actriu que havia portat amagada a dintre seu durant molts anys.

De cop, el *rein* la va avisar: havia aconseguit 50 *likes* de l'FDP per la seva actitud positiva.

⅄⅄⅄

—He vist que ha tingut problemes amb aquesta noieta. —L'estrateg Cares va ser directe.

—No té cap importància. És una noia impetuosa, però té bon fons —va dir la professora Alícia.

—Discrepem d'allò que té i no té importància. Per a mi, agredir l'Andropol és un fet extremament greu, que, per cert, ha oblidat incloure en el seu informe.

La professora Alícia es va empassar la saliva.

—Quin mal ha pogut fer una noieta als *andros*!? —va dir per intentar treure-hi rellevància—. He pensat que vostè està massa ocupat per a aquestes minúcies.

—Sí és una minúcia o no, ho decideixo jo. Espero que no tornarà a ometre cap detall en els seus informes.

—No ho faré.

—Vol que reforcem la seguretat al centre?

—No, gràcies, no cal. Només ha estat un incident aïllat.

—Ja hem traslladat aquesta dona, Cynara, tal com vostè ens va suggerir. He de reconèixer que m'ha sorprès gratament aquesta decisió tan taxativa. Què ha passat amb la seva educació positiva?

—La seva actitud era molt negativa. Hi ha persones que no reaccionen a les teràpies positives i, llavors, ens veiem obligats a aplicar solucions excepcionals. Per cert, estrateg Cares, té alguna nova sobre la meva sol·licitud de coordinadora general?

—No sigui impacient. Ja li vaig dir que la plaça és seva, però que ha de ser aprovada per Magnus i ara està massa ocupat. De moment no té temps per a aquestes petiteses.

—Ho sé —va dir ella acotant el cap, però l'estrateg Cares ja havia desaparegut de la pantalla, que s'havia dividit en un munt de pantalles petites en què es podia observar cada mil·límetre de l'FDP.

⅄ ⅄ ⅄

La classe era deserta. De seguida, Kas va trobar a faltar la senyora Cynara. Li havia agafat molta estima. Automàticament, es va dirigir a la màquina expenedora i va agafar un batut energètic. Notava que el seu cos li demanava líquids. Va estar una bona estona sola, amb els seus pensaments, quan de cop es va obrir la porta i va entrar el professor Nèstor amb les dues bessones. Kaia duia Robbie en braços.

–Kas. Kas. Kas —repetia amb la seva veu metal·litzada el robot.

Les bessones es van llançar als braços de Kas.

—Quina alegria! —van exclamar fent-li alhora totes dues un petó en cada galta.

—Estàs bé, Kassandra? —li va preguntar el professor amb veu de preocupació.

—Sí, no pateixi. Però vostè què fa aquí? Em pensava que no el trobaria.

—Ja ho veus, no els agrada la música i m'han allargat voluntàriament la meva estada un mes per tamborinejar la nostra cançó.

—A nosaltres també! —van exclamar les dues bessones alhora.

—I Tyr? —va preguntar Kas amb un fil de veu.

—A ell, dos. La professora Alícia no pot viure sense ell —va dir Kàssia.

I tot d'una, Tyr va entrar per la porta.

—Mira-te'l! Sembla que li xiulaven les orelles! —va exclamar Kaia.

—Kas! —va exclamar mentre intentava fer-li una abraçada.

Tot i que li hauria agradat molt refugiar-se en els braços de Tyr, el va evitar. Ell havia decidit distanciar-se i així havia de ser. Els dos nois van encreuar les mirades. La de Kas semblava impertorbable.

—A nosaltres no ens reps de la mateixa manera quan ens reclouen a l'habitació encoixinada —va protestar Kàssia en veure l'alegria de Tyr.

—No és cert, sabeu que us estimo molt.

—Però em sembla que a Kas més —va replicar Kaia.

Kas va envermellir fins a les orelles.

—Tot va bé si acaba bé. I la bona notícia és que la professora Alícia ha aconseguit que la senyora Cynara es pugui reunir amb el seu marit al Paradís. Sembla que aquesta dona no és solament un somriure de dentifrici; també té un cor que li batega de tant en tant —va fer broma Kas.

De cop, tots els semblants es van tornar seriosos i es va fer un gran silenci.

—Què passa? —va preguntar Kas, encuriosida.

—Qui li ho diu? —va preguntar Kaia.

—Jo —es va oferir Kàssia.

—Ara no! —les va tallar Tyr.

—Què m'heu d'explicar? —va preguntar Kas, preocupada.

—A la nit quedem tots al turó del desert. Jo t'ho explicaré, Kas —va dir el professor Nèstor, amb un semblant molt greu.

—Li ha passat alguna cosa a la senyora Cynara? —va insistir Kas.

—Ara no, a la nit —la va tallar Tyr en el mateix instant que la professora Alícia entrava per la porta.

⅄ ⅄ ⅄

En encimbellar el turó amb Robbie en braços, Kas es va trobar amb tota la colla que ja l'esperava. Robbie de seguida es va connectar amb la mare i per a sorpresa de Kas va aparèixer projectada en la carcassa de Robbie en forma d'holograma a mida natural.

—Ualaaaa!!! —va exclamar Kas.

—Hem fet alguns canvis a Robbie —va dir Kaia.

—Kas! Filla! Em tens preocupada. He rebut un missatge de l'FDP comunicant-me que allargues l'estada tres mesos. Què ha passat?

—Ho sento, però aquesta vegada no ha estat culpa meva. Reconec que les selfies a la Fàbrica van ser una criaturada. Però ara ha anat diferent; els *andros* estaven pegant a la senyora Cynara. Te'n recordes? És la dona que havia de ser veïna nostra. —Les paraules de Kas sortien com en una metralladora.

La mare va assentir amb el cap, suspesa dels llavis de la filla.

—Li pegaven i ella era a terra —va continuar Kas—. Jo la vaig veure tan indefensa que vaig sentir la necessitat de protegir-la.

—Ha estat tot com t'explica Kassandra, Talia —va interrompre el professor.

—Nèstor? —va dir sorpresa la mare.

—Us coneixeu? —va preguntar Kas sense comprendre res.

I de cop es va tallar la conversa.

—No m'havia dit que coneixia la meva mare.

—De joves.

—I com és que no m'ha explicat res? Encara més, tots dos han actuat com si fossin uns desconeguts —li va retreure Kas.

—Val més que ho preguntis a ella.

—Aquí hi ha marro —va xiuxiuejar Kàssia a Kaia a cau d'orella.

—El món és un mocador —va dir Kaia a la germana.

—I nosaltres som els mocs —va afegir Kàssia.

—Vinga, a dormir! —va exclamar Kaia amb Robbie en braços.

—Però no m'havíeu d'explicar alguna cosa sobre la senyora Cynara?

—Demà! —va exclamar Kàssia fent costat a la germana.

—Li ho ha d'explicar i com més aviat millor —va dir Tyr al professor.

—Què? —va preguntar Kas, intrigada.

—Vinga, seiem —va accedir el professor, i tots van seure fent una rotllana. Kas estava flanquejada per les dues bessones.

Va transcórrer quasi un minut sense que ningú digués res. Es llançaven mirades de reüll els uns als altres, però de seguida van deixar de fer-ho, ja que la seva atenció estava totalment enfocada en el rostre de Kas. Per un moment, el professor semblava que anava a dir alguna cosa, però va canviar d'idea. Les bessones, que fins llavors s'havien mostrat impacients per parlar, ara, per alguna raó, guardaven silenci. Kas va bellugar el cap, sentint la tensió creixent. Tyr es va passar la llengua pels llavis i va parlar per fi amb una veu ronca:

—El Paradís no existeix —i va alçar els ulls estudiant la reacció de Kas.

Ella el va mirar amb cara d'incredulitat. En un primer moment no ho va entendre i després no s'ho podia creure.

—És cert. Les persones de més de setanta anys, les persones malaltes o amb algun tipus de discapacitat no són rendibles per al sistema —va afirmar el professor.

—Rendibles? —va interrompre amb la boca oberta Kas—. I on van?

—Enlloc —va dir Tyr amb un fil de veu.

A Kas les llàgrimes li omplien els ulls. Tenia els punys tancats, amb els polzes dins, com quan era nena. Va sentir que la mandíbula li tremolava i per fi va parlar amb una veu que amb prou feines arribava a sentir-se:

—Voleu dir que les maten? —i en dir la darrera paraula, es va tapar la boca.

El professor va assentir amb el cap.

—Llavors, la senyora Cynara, la senyora Hipàtia i els seus marits, estan tots... —Les llàgrimes no li van deixar pronunciar cap més paraula.

Els amics, molt tristos, van assentir amb el cap.

—No pot ser —negava Kas amb el cap—. Magnus és un criminal! Ara comprenc per què els avis de Nicole pagaven per quedar-se. Però com he pogut ser tan innocent? I per què la mare no me n'ha explicat res?

—Per protegir-te —li va dir el professor.

Kas va tancar els ulls i els va prémer amb el tou dels dits. Va sentir un desig irrefrenable de cridar, i ho va fer fora de si:

—Hem de fer-hi alguna cosa! Hem d'aturar aquesta bogeria!

—Expliquen que la Resistència allibera moltes d'aquestes persones i se les emporta a la Muntanya —va dir Kàssia intentant calmar-la.

—I com ho fa? —va preguntar Kas.

—La Resistència? —li va preguntar Kàssia.

—No. Magnus. Com pot matar tantes persones? —Les preguntes bullien a la ment de Kas.

—A la zona Z, la zona prohibida, la que va des de la Urbanització fins a la City —li va dir Tyr—. Sembla que posen algun tipus de gas al tren càpsula.

—Quin horror! —va exclamar Kas.

—No cal entrar en detalls —va afegir el professor per interrompre la conversa—. Val més que ens en anem a dormir. S'ha fet molt tard i aviat sortirà el sol.

—Marxeu, necessito estar sola —va dir Kas.

Les bessones i el professor van obeir i van començar a descendir pel turó.

—Em quedo amb tu, Kas —li va dir Tyr, acostant-se a ella i acariciant-li la barbeta amb un dit.

—No, si us plau. Necessito assimilar aquesta tragèdia.

Tyr, per tota resposta, amb dos dits de la mà li va aixecar la barbeta aguda, petita, es va inclinar i li va fer un petó molt dolç als llavis. No hi va haver reacció; ella va quedar impassible, com si no li importés. I, no obstant això, ell sentia que no era així. Tyr va desaparèixer i va deixar Kas sola amb Robbie en braços. Ella es va dur la mà a la boca perquè no se li escapés l'única cosa bona d'aquell dia horrible que no oblidaria la resta de la seva vida. El dia que va perdre la innocència.

1326 *LIKES*

Kas es comportava d'una manera distant. La professora Alícia pensava, contenta, que el temps que havia passat reclosa a l'habitació encoixinada havia causat el seu efecte en la noia, que la seva educació positiva funcionava, sense adonar-se de la tristesa que se li revelava en les comissures dels llavis, que s'esforçaven per somriure. En canvi, els seus amics no es deixaven enganyar per aquella ganyota; preocupats, l'observaven en silenci.

Una sensació d'absolut desemparament s'havia apoderat d'ella. Corria i corria al voltant de l'FDP, s'escapava dels seus pensaments, sabedora que no hi havia lloc on pogués fugir. Corria i corria amb Robbie en braços, com protegint el seu tresor més preat, recordant la conversa amb la senyora Cynara, quan li va explicar com s'havia enamorat del seu marit. I, sobretot, recordava aquella vegada quan li va dir: «Però això no ha de ser sempre així. Per això hi sou els joves, per canviar les coses».

Aquestes paraules les portava gravades amb foc en el cervell i li repicaven com una campana. Però com? Com podem canviar les coses? Es preguntava una vegada i una altra. I corria i corria intentant retenir cada instant, cada imatge, per no oblidar-la mai.

Passava les nits al turó sola. Tyr la volia acompanyar, insistia que tenien una conversa pendent, però ella ara no volia parlar amb ell. Tampoc no volia connectar-se amb la mare. Estava molt dolguda amb ella per haver deixat que estigués a la lluna tants anys. Una nit, Robbie li va jugar una mala passada i es va connectar amb ella sense permís.

—Kas, estàs bé? —Es va presentar davant seu en forma d'holograma.

—Robbie! —va protestar Kas donant-li una manotada.

—Ui! —es va queixar el robot.

—Vols explicar-me què et passa? —va insistir la mare.

—Vols que sigui jo la que et doni explicacions? Per què, per una vegada en la teva vida, no me les dones tu a mi? Començant per qui és el meu pare.

—Jo —va balbucejar la mare— esperava que et fessis gran, i te n'has fet tan de pressa que ni me n'he adonat.

—També em pots explicar per què no m'havies dit que coneixies el professor Nèstor.

—Què t'ha explicat?

—No res, a mi ningú no em diu res.

—Ho sento.

—Ah! I quan pensaves dir-me que no existeix el maleït Paradís, que estan tots morts: la senyora Cynara, la senyora Hipàtia... —Kas es va posar a plorar.

—Em sap molt de greu, petita... Et prometo que quan vinguis a casa t'ho explicaré tot fil per randa. M'has d'entendre, ho he fet per protegir-te —li deia la mare també entre plors.

I, de cop, la connexió es va interrompre. S'havia esgotat el temps.

Kas es va quedar molt trista. Es va asseure a terra i es va quedar quieta, prement la barbeta contra els genolls, observant la lluna artificial a través de les seves llàgrimes. A aquella lluna, que a tots il·luminava, potser ara l'estaven mirant milers d'ulls com els seus. Hi devia haver persones que la contemplaven per darrera vegada abans d'agafar el tren càpsula cap a la mort. La mirava hipnotitzada. Tot d'una va sortir de la seva abstracció i, arrufant les celles, es va aixecar. Acabava de tenir una idea.

⅄ ⅄ ⅄

Kas no podia aclucar l'ull, feia molts dies que rumiava i madurava la seva idea. De sobte va sentir unes passes que s'acostaven. Va pensar que era Tyr. Insistia nit rere nit a parlar amb ella. Però no era el moment: ella ara tenia els seus pensaments ocupats en altres coses. Van tustar a la porta.

—T'he dit que no —va dir Kas en obrir la porta.

—No?! —van preguntar les bessones alhora, i, en un tres i no res, es van acomodar a la seva habitació càpsula.

—Esperaves una altra persona? —va preguntar Kaia.

—Un noi d'ulls blaus? —Ara era Kàssia, qui feia broma.

—Kaia. Kàssia. Kaia. Kàssia —va repetir Robbie amb la veu metal·litzada.

—Què voleu? Estic molt ocupada —va dir de males maneres Kas.

—Estem amoïnades per tu —va dir Kàssia fent-li un petó en una galta. Kaia va fer el mateix a l'altra galta.

—Estic bé —va dir Kas canviant el to de veu, mentre s'eixugava amb les mans les galtes de baves.

—Perfecte! Sí és així, marxem! —va exclamar Kaia.

—No marxem! —va dir Kàssia a la germana donant-li un cop de colze—. Nosaltres no tenim facilitat per coses com l'empatia i totes aquestes ximpleries, però volem que sàpigues que et considerem una amiga i ens preocupem per tu.

En sentir aquestes paraules, Kas es va emocionar. Sabia com els havia costat pronunciar-les.

—Jo també us considero amigues, però de veritat que estic bé.

Les bessones no pensaven rendir-se i es van quedar una estona mirant el sostre, sense saber què dir. Va ser Kas qui va trencar el gel.

—On estudieu? No us he vist mai al Centre d'Estudi.

—Nosaltres som a la Fàbrica, al Centre de Formació a la Feina, el conegut com a CFF —va respondre Kàssia.

I va tornar el silenci.

—I els vostres pares? —va insistir Kas.

—Som òrfenes —va respondre Kaia.

—Em sap greu —va dir Kas—. Els vau perdre quan éreu molt petites?

—No els hem conegut mai —va dir Kàssia—. Ens hem criat a l'Orfenat Magnus de la Fàbrica. En complir catorze anys, a totes dues ens van traslladar al CFF. Allà compartim habitació i compaginem la nostra formació amb la feina.

—Esteu independitzades. Quina sort! —va exclamar Kas.

—No sé què dir-te, noia. A la pràctica, passem tot el dia treballant per un sou de mitja jornada. Sobrevivim gràcies a l'SL, el subsidi de *likes* necessari per subsistir —li va explicar Kaia—. Tu sí que tens sort.

—És cert. No tinc pare, però tinc una gran mare —va reconèixer Kas.

—Ja ho pots ben dir. Es deixa la pell a la Fàbrica per donar-te una oportunitat al Centre d'Estudis. Nosaltres no hi podem accedir, no tenim els diners ni els *likes* mínims necessaris —va dir Kàssia.

Kas va reflexionar, com si no ho hagués pensat abans, i va assentir amb el cap. Havia estat molt injusta amb la seva mare. Va pensar que li donaria una altra oportunitat.

—On millor estem és aquí, a l'FDP —va dir Kaia.

—Vols dir? —va preguntar encuriosida Kas.

—No deus pensar que ens van enxampar canviant les notes per casualitat? —va dir Kàssia—. Si haguéssim volgut, ni se n'haurien adonat, però vam fer aquest nyap als ordinadors a propòsit. Estem molt millor aquí que a la Fàbrica: no treballem, les instal·lacions són més bones i la formació no té comparació.

—Sou aquí perquè voleu?! —va exclamar sorpresa Kas.

—I tant! —van dir les dues germanes alhora.

—Per a nosaltres són com unes vacances —va afegir Kaia.

—Però per què estem parlant de nosaltres? Hem vingut a parlar de tu. Explica'ns d'una vegada què et passa amb Tyr.

—Ens vam fer un petó. Bé, l'hi vaig fer jo, però ell em va correspondre —es va sincerar Kas.

—Que fort! —van exclamar les dues bessones alhora—. I quin és el problema?

—Que l'endemà ni em va mirar a la cara, va passar de mi. I ara fa uns quants dies, ell em va fer un altre petó. I no sé què pensar, no m'agrada gens la seva actitud.

—És estranya —va dir Kaia.

—Heu parlat? —va preguntar Kàssia.

—Ell ho ha intentat, però jo no ho vull fer. No cal que m'expliqui cap sopar de duro. Crec que és millor que les coses es quedin com estan. Ara tinc altres assumptes en què he de pensar —va dir Kas, decidida.

—Quins? —va preguntar Kaia.

—Tinc un pla per fer un homenatge a la senyora Cynara —va dir Kas—. Però necessito la vostra ajuda.

—Ja hi pots comptar! —va exclamar Kàssia.

—Explica'ns el pla —li va demanar Kaia.

—Demà a la nit al turó del desert —les va convocar sense donar cap més informació.

⅄⅄⅄

Les bessones van acudir puntuals a la cita acompanyades de Tyr i del professor Nèstor. Frisaven per saber què era allò tan misteriós que els havia de comunicar l'amiga.

—Què fan ells aquí? —va preguntar molesta Kas—. Sou unes bocamolles.

—No t'enfadis, Kas —li va dir el professor—. Només volem saber què et balla pel cap.

—Podem fer que Robbie projecti un holograma tan potent com la lluna? —va preguntar a les bessones sense donar cap explicació prèvia.

—Tan potent, impossible. Però amb els components adequats, déu-n'hi-do! Per a què el vols? —va preguntar encuriosida Kaia.

—Per projectar-lo a l'edifici de la Fàbrica. Vull que tothom vegi l'arc de Sant Martí. Serà un símbol d'esperança per a les persones que marxin cap al suposat Paradís —els va explicar Kas, sabedora que les seves paraules podien sonar inconsistents i pretensioses.

—Això és una idea desgavellada i absurda! —va exclamar el professor.

—Ho tinc tot pensat. Agafaré el tren bala, pujaré a l'edifici de la Fàbrica, projectaré la imatge uns minuts i tornaré al centre. Serà ràpid i ningú no sabrà que he estat jo —va dir resolutiva Kas.

—Això és una ximpleria —va objectar el professor—. Per començar, penses agafar el tren bala vestida amb l'uniforme del Centre? Creus que no hi ha càmeres? Són pertot arreu, fins i tot ara pot ser que ens estiguin vigilant.

—Impossible! Hem fet un escombratge! —va objectar Kàssia.

—Té raó, necessito un transport privat. Però no tinc diners —va reconèixer Kas, desesperada.

—També estan controlats —va apuntar Tyr.

—I el teu amic de la Resistència? El de la camioneta. No em podria ajudar? —va demanar Kas a Tyr.

—Jo no tinc cap contacte amb la Resistència. Aquest és el meu oncle, que quan lliura de nit em ve a visitar —va explicar Tyr.

—I ell no em pot ajudar? —va insistir Kas.

—Li ho puc preguntar.

—Voleu parar! Sembleu nens jugant a un joc molt perillós! —va exclamar emprenyat el professor.

—Jugant? Perillós és fer-se selfies com ximplets en edificis alts o al tren bala. I encara és més perillós complir setanta anys o tenir alguna discapacitat; això et pot costar la vida —va dir Kas.

—Però tu no ets de la Resistència. Ni tan sols sabem si existeix —va dir el professor, posant-se una mà al front i prement-se les temples, com si intentés recordar alguna cosa.

—I tant que existeix! —va protestar Tyr.

—Doncs, si és així, hauràs de demanar-los permís per fer una acció com aquesta —va dir, amb la veu més calmada, el professor, intentant posar seny.

—I què vol? Que posem un anunci?! —va exclamar Kaia.

—Demà quedem a la mateixa hora. A veure si el teu oncle em pot ajudar i ho acabem de planificar —va concloure Kas.

—D'acord. Però jo t'hi acompanyaré —va dir Tyr.

—I nosaltres també! —van afegir les bessones alhora.

—I vostè, professor? —li va preguntar Tyr.

—Amb mi no hi compteu per fer bestieses —va dir molt emprenyat.

—Ho faré tota sola —va insistir Kas—. Potser el professor té raó i és una idea desgavellada. Si és així, en vull patir jo sola les conseqüències.

—Ni per pensaments! —van exclamar les bessones.

—Ho farem plegats i no se'n parli més —va concloure Tyr mentre ajudava el professor a baixar del turó.

⅄ ⅄ ⅄

L'endemà, les bessones amb prou feines podien dissimular el seu estat d'excitació. En entrar la professora Alícia a l'aula, es va fer un gran silenci. De cop es va adonar que la pantalla gran que presidia la classe no funcionava.

—Què passa? —es va preguntar intrigada mentre manipulava el seu *rein*—. Però si és nova! Haurem de cridar els de manteniment.

Les bessones es van girar cap als seus amics picant-los l'ullet i ensenyant-los el tornavís. Sense pantalla, la professora no podia continuar i els va donar el dia lliure. Cada un va marxar pel seu costat. Aquesta vegada no es van reunir per fer cap classe amb el professor. L'ambient era tens i valia més mantenir una mica de distància. Van restar tots separats fins a la cita a la nit amb Kas.

Tyr va sentir com tustaven a la porta de la seva habitació. El cor li va fer un salt en pensar que potser era Kas, però es va decebre en veure les bessones.

—Què feu aquí? Em pensava que havíem quedat més tard —els va dir sorprès.

—Vinga! Som-hi! —El van empènyer fora de l'habitació a la força. El noi va vacil·lar un moment, amb enuig, abans de seguir-les sense posar-hi cap impediment.

—Es pot saber que li has fet, a Kas?! —va preguntar Kàssia, molt empipada, una vegada dalt del turó.

—Jo… res —va balbucejar Tyr.

—Res?! Li has fet un petó i has passat d'ella —li va recriminar Kaia.

—El petó me'l va fer ella —va objectar Tyr.

—Ah! I tu no li vas correspondre? —va exclamar Kàssia.

—Sí —va reconèixer amb el cap cot.

—No et va agradar? —Aquesta vegada era Kaia la que preguntava.

—I tant! —va dir Tyr.

—Llavors, quin és el problema? —va preguntar Kàssia.

Tyr va observar la lluna, després va mirar les bessones i, finalment, es va decidir a parlar.

—Kas és la noia més fantàstica que he conegut i m'agrada molt, però la nostra relació és impossible. M'he intentat explicar, però ella no vol saber res de mi, i amb raó.

—Impossible?! Per què? —va interrompre Kaia.

—La seva mare ha fet un gran esforç perquè pugui anar al Centre d'Estudi i algun dia pugui sortir de la Fàbrica i viure a la Urbanització o qui sap. Una noia intel·ligent i espavilada com ella seria capaç fins i tot de poder-ho fer a la City. Però si s'ajunta amb un noi com jo, no ho aconseguirà mai —va reconèixer trist amb el cap cot.

—Això no ho sabem —va dir Kàssia.

—Els meus pares eren de la Resistència. Igual que vosaltres, treballo i estudio al CFF. El meu oncle i jo a penes tenim diners ni *likes* per subsistir. És el millor per a ella, creieu-me, noies. —La seva veu es va afilar amb l'accent de la desolació.

Les bessones i Tyr es van fondre en una abraçada i, de sobte, els van interrompre els estossecs del professor, que escalava el turó. De seguida van baixar per donar-li un cop de mà. Tot i la seva disconformitat, volia saber què és el que tramaven els nois. L'última a arribar va ser Kas.

—Has parlat amb el teu oncle? —va preguntar impacient a Tyr.

—Porto una notícia bona i una de dolenta. Quina voleu primer? —va demanar Tyr.

—La dolenta —va dir Kaia.

—La bona —va dir Kàssia.

—Vinga! Digues! —el va apressar Kas.

—El meu oncle m'ha dit que ens ajudarà. —Tyr va decidir començar per la bona notícia.

Les tres noies van picar de mans, mentre el professor negava amb el cap.

—El teu oncle s'ha begut l'enteniment! —va exclamar el professor.

—També ens facilitarà roba de la Fàbrica. La notícia dolenta és que haurà de ser demà mateix. Després comença el torn de nit i no podrem comptar amb ell —va continuar Tyr.

El professor no deia res. Fregant-se els artells contra el llavi superior i amb les celles arrufades, mirava més enllà de Kas.

—Vosaltres podreu tenir enllestit Robbie demà? —va preguntar Kas a les bessones.

—Cap problema!

—Però quina pressa teniu? —va preguntar el professor.

—Molta! —van exclamar tots alhora.

⅄⅄⅄

A l'hora convinguda, l'oncle de Tyr els esperava a la carretera que travessava el desert. Era un home corpulent, de mitjana edat, amb les mandíbules prominents, la pell arrugada i el nas arrufat, que li ajuntava les celles embullades i espesses. Com era d'esperar, el professor Nèstor no va aparèixer. Fetes les presentacions, l'oncle de Tyr els va donar la mà, com era costum abans de la Reconstrucció. La seva vigorosa encaixada va fer cruixir els ossos de la mà de Kas.

Havia portat granotes de la Fàbrica per a tots. Es van canviar allà mateix. Les granotes feien pudor de suor i estaven tacades de greix, ben al contrari de les que havien utilitzat Kas i els seus amics per fer-se selfies aquell dia a l'edifici de la Fàbrica. Es van canviar allà mateix i de seguida es van posar en marxa. Els esperava un llarg camí fins a la Fàbrica. La camioneta de l'oncle de Tyr no era, ni de bon tros, tan ràpida com el tren bala. Tyr i Kas, amb Robbie en braços, van pujar al davant i l'oncle i les bessones es van arrepapar al seient del darrere.

De cop, van albirar dues figures a la carretera que els cridaven l'alto.

—No t'aturis —va dir Tyr.

—Ho he de fer.

En apropar-se, Robbie va exclamar:

—Mare. Mare. Mare.

L'acompanyava el professor Nèstor.

—Què fas aquí? Quin ensurt que ens has donat! —va exclamar Kas.

—Kas és filla... —va dir l'oncle de Tyr, però no va poder acabar la frase perquè la mare de Kas el va tallar.

—Soc Talia. Kas és filla meva. En Nèstor m'ho ha explicat tot i ni per pensaments no us deixaré fer aquesta bestiesa! —va exclamar la mare, tota enfadada—. I tu? En què penses? —va dir a l'oncle de Tyr mirant-lo amb expressió de retret—. Com és que col·labores en aquesta bogeria?

—Ho sento. Ja vaig perdre el meu germà i la seva dona, i el meu nebot, el germà de Tyr, no sé si és viu o mort. No vull deixar sol Tyr en aquesta aventura.

—Tu ho has dit! Una aventura sense sentit! —va continuar, enfadada, la mare de Kas.

—T'equivoques! —va intervenir Kas—. Té molt de sentit: les persones que s'estiguin preparant per pujar demà al tren càpsula per anar al suposat Paradís veuran en aquest símbol una esperança.

—Quina esperança? —va preguntar la mare, abaixant el to de veu.

—La de la Resistència! —va exclamar Kas.

—Però tu no ets de la Resistència.

—En el moment que projecti la imatge, ho seré.

—No té cap sentit. Això no ajudarà pas aquestes persones —va insistir la mare.

—Potser no. Però Magnus sabrà que no tots estem disposats a acceptar les seves regles sense protestar —va sentenciar Kas, que estava molt seriosa i parlava en un to gairebé desafiant.

—Tranquil·litzem-nos —va suggerir el professor Nèstor.

—Es fa tard —va interrompre l'oncle de Tyr, obrint la porta i urgint-los a entrar a la camioneta.

—Nosaltres marxem. Kas, tu què fas? —li va preguntar Tyr.

—Seguim el pla —va dir Kas amb total seguretat.

—Ho sento. —L'oncle de Tyr es va disculpar amb la mare de Kas i el professor.

—No us deveu pensar que us deixaré sols en aquesta bogeria, oi? —va exclamar la mare, agafant Robbie en braços i acomodant-se al costat del seient del conductor. El professor va seure amb ella, i això va obligar Kas, Tyr i les bessones a seure al darrere. Estaven com les sardines al barril.

L'oncle de Tyr, assegut al volant, va engegar el motor i va enfilar en direcció a la Fàbrica. Preocupat, conduïa impulsat pels seus reflexos. Van fer una bona part del camí en silenci, però, de cop, les bessones van començar a taral·lejar les notes de la cançó:

«mi la si DO la mi la si DO la
mi la si DO si la DO si la MI MI MI
MI RE MI FA FA FA MI RE MI MI
RE DO si MI DO si la»

Kas i Tyr les van acompanyar.

—Això, qui us ho ha ensenyat? —va preguntar la mare.

—Jo —va dir el professor.

—I no els has ensenyat la lletra?

—Quina lletra? —es va interessar Kaia.

I de cop la mare va començar a cantar:

«Una mattina mi sono alzato,
o bella ciao, bella ciao, bella ciao, ciao, ciao,
una mattina mi sono alzato,
e ho trovato l'invasor.»

—En quina llengua canta? —va preguntar Kàssia.

—En italià, la llengua de Leonardo da Vinci! —va exclamar el professor.

—El pintor de *La Gioconda* —va afegir Tyr.

I de cop tots es van posar a cantar la cançó que els anava ensenyant la mare.

«La dona del somriure enigmàtic», va pensar Kas mentre tots cantaven, i va recordar el viatge a la City. Tot havia començat amb el seu encaparrament infantil per aquella estada, i ara hi havia perdut tot l'interès. Que lluny que quedava aquella Kas de la que viatjava en el seient del darrere d'aquella camioneta. Va foragitar els pensaments i es va unir al cor.

512 *LIKES*

Des del seient del darrere de la camioneta, Kas va albirar com les dues torres principals de la Fàbrica sorgien a l'horitzó. Li va fer un salt el cor en veure la mitja lluna d'edificis, els ruscs de blau plom amb finestres petites, amb els llums apagats. Moltes persones dormien. Volia cridar: «Amunt tots! Aixequeu-vos i mireu per la finestra! Que comença l'espectacle!»

Però no ho va fer.

L'oncle de Tyr va aparcar en una zona molt poc il·luminada de l'edifici A de la Fàbrica a prou distància per no ser vistos i garantir una ràpida fugida. De cop i volta, Tyr va veure que l'oncle duia a la camioneta unes maletes i uns embalums.

—Què és això? —va preguntar estranyat.

—Les nostres coses.

—Ens mudem?

—En certa manera. No tornaràs a l'FDP. Marxem.

—On?

—A la Muntanya.

Tyr va mirar l'oncle amb uns ulls com unes taronges.

—Com?

—Això no és vida. Tu sortint i entrant de l'FDP i jo treballant de dia i de nit. Tot per a què? Els teus pares van deixar un mapa que indicava el camí a la Muntanya i en vaig fer una còpia. És perillós i no sabem si aquest plànol és fiable, però val la pena intentar-ho.

Tyr li va fer una llarga abraçada.

—Ves amb compte, nebodet, ets l'única família que em queda —li va dir emocionat mentre el tornava a abraçar.

—Un moment! —va tornar a la càrrega la mare de Kas—. Jo ho faré; conec a la perfecció aquest edifici.

—No, mare, ho farem nosaltres —va insistir Kas.

—Això és una tossuderia —va protestar la mare.

—La teva o la nostra?

—No és normal —va negar la mare amb el cap.

—Defineix normal —li va dir la filla, mentre l'abraçava i li omplia de petons les galtes.

La mare va dibuixar un somriure.

—No ho sé, filla, no sé què és normal. Tot és massa complex per expressar-ho amb paraules.

—Val més que ens afanyem —van apressar les bessones al grup.

Tots es van acomiadar fonent-se en una pinya. Després, la mare, el professor i l'oncle es van arrecerar a la camioneta observant com s'allunyaven els joves.

⅄⅄⅄

L'edifici A planava sobre ells, sinistre, es retallava contra el cel sense estrelles. Totes les mirades es van dirigir cap amunt. Una esgarrifança va recórrer el cos de Kas. Era com un *déjà vu* de la seva aventura amb les selfies, però més perillós encara.

—Seguiu-me! —va ordenar Kas—. Pujarem pels muntacàrregues del soterrani!

Tyr va assentir amb el cap, donant-hi conformitat. Coneixia l'edifici tan bé com ella. Van travessar les grans naus que ocupaven les primeres plantes sense ser vistos pels operaris. Robbie va il·luminar un tram d'escala al final de la qual es veia una porta d'acer.

—Vinga! —els va indicar Kas, i tots plegats van començar a baixar els esglaons.

En arribar a la porta d'acer, Kas va marcar uns números en el teclat, però no es va obrir. Ho va tornar a intentar sense èxit.

—Han canviat la contrasenya! —va exclamar Kas, contrariada.

—Contrasenyes a nosaltres! —van dir les bessones armades amb els seus tornavisos i els seus *reins*. En un tres i no res, ja havien obert la porta.

Es van adreçar cap als muntacàrregues del soterrani. S'endinsaven pels passadissos dèbilment il·luminats. La pàl·lida i pètria llum alternava amb trossos de foscor. Van caminar i caminar. Robbie, gràcies a les modificacions que li havien fet les bessones, seguia Kas a gran velocitat per la teranyina de corredors que es perdia al lluny en totes direccions. El primer muntacàrregues els va dur fins al tercer nivell. En sortir, van girar cap a l'esquerra i van avançar per un llarg passadís. Kas es va aturar al peu d'una escala de mà, va aixecar un braç perpendicularment i, després, el va abaixar assenyalant cap endavant. Van grimpar per l'escala i van creuar un llindar que donava accés a una estança llarga i estreta, molt fosca. Del costat oposat de l'estança s'obria una altra porta, a través de la qual s'arribava a un altre muntacàrregues fins a aconseguir arribar a l'últim tram. Ara havien d'enfilar-se fins al terrat. Kas, amb Robbie en braços, va esquivar d'un bot el buit i es va agafar de la barana de l'edifici. Les bessones la van seguir. El darrer a assolir el cim va ser Tyr. Havien aconseguit l'objectiu.

A tota brida, les bessones van preparar Robbie i, quan l'anaven a col·locar en un extrem d'una de les cornises, Kas les va aturar.

—Ho faré jo!

Amb molt de compte, es va enfilar per una canonada i es va despenjar per una de les parets fins a arribar al lloc més adequat perquè l'holograma fos vist per tota la Fàbrica. I va engegar Robbie.

—Ui! —va dir amb la veu metal·litzada el robot.

Van esperar i no va passar res. Les bessones de seguida es van enfilar per la cornisa armades amb els seus tornavisos. En un tres i no res, van desmuntar Robbie i el van tornar a muntar, i de cop un holograma de l'arc de Sant Martí es va il·luminar en tota la façana. Era enorme i es podia veure des de tot arreu!

Una gran alegria va envair els amics. Picaven de mans i s'abraçaven, contents. Tot d'una van poder observar els flaixos dels *reins* des de les finestres. La ciutat s'havia despertat. Tothom observava i gravava el que estava passant, ho penjava a les xarxes socials i ho compartia en els xats. Des de la camioneta també van celebrar, encara que preocupats, l'èxit de l'operació. Però eren prudents; encara quedava el més difícil: tornar sans i estalvis.

—Ho hem aconseguit! —van exclamar les bessones, xocant les mans.

—Sí —va dir Kas, mirant els flaixos dels *reins*—. Això deu ser el més semblant a les estrelles. —Va sentir que el cor se li apaivagava, lliure de l'ansietat i l'opressió que l'havien aclaparada últimament. El que havia de fer-se havia estat fet.

Tyr, amb un crit d'entusiasme, va agafar Kas per la cintura, la va alçar en braços, balancejant-la a esquerra i dreta, i, mirant-la als ulls, la va besar apassionadament.

—Ep! Què feu? Quin fàstic! —va protestar Kaia, rient.

—Vens amb mi a la Muntanya? —li va proposar Tyr.

Ella va mirar aquells enormes ulls blaus i va assentir amb el cap. Ara va ser ella la que el va tornar a besar.

—A la Muntanya? Nosaltres també hi volem venir —es van autoconvidar les bessones.

De cop, abans d'obtenir cap resposta, un dron els apuntava amb un canó.

—A terra! —va cridar Tyr.

Tots van obeir, tapant-se el cap amb les mans. Es va sentir un gran terrabastall, que va semblar aixecar el terra, i una pluja de runa va caure sobre ells. En alçar el cap, Kas va veure Robbie fet miques. Va fer un crit i va intentar córrer cap a ell, però els amics ho van evitar empenyent-la cap a la sortida.

Les sirenes d'alarma sonaven amb força, els drons sortien de tot arreu disparant a tot allò que es movia. Es van precipitar a l'interior de l'enorme edifici per un tub de ventilació, com si fos un enorme tobogan. Amb molta dificultat, van aconseguir arribar al soterrani. Els seus perseguidors els estalonaven. Corrien i corrien en direcció a la sortida fugint dels drons i de l'Andropol, esquivant les seves bales.

Llavors el van veure: el rètol blau que, centellejant, anunciava la porta de sortida. Tyr la va empènyer amb força. Va ser el primer de sortir. Es va sentir un tiroteig i les bessones van retrocedir acompanyades de Kas.

—Tyr! —va cridar Kas, amb la veu estremida pel terror en tancar la porta i veure que s'havia quedat a fora. Se li van eriçar els cabells d'espant i va sentir que una suor freda li pujava per l'espina dorsal.

Va intentar tornar a sortir, però les bessones ho van evitar. Van començar a córrer per trobar una altra sortida, però va ser impossible; a l'altra banda del passadís els esperava l'Andropol. No podien fer res, excepte mirar-se les unes a les altres. Era massa tard per fugir. Amb les mans enlaire, es van rendir. Les van posar de bocaterrosa a cops de culata i les van emmanillar.

Quan va sortir al carrer, Kas va veure el cos de Tyr enmig d'un bassal vermell brillant, immòbil, estirat a terra. La sang no era blava ni blanca: era vermella. Va fer un crit esgarrifós, va sentir que una onada de dolor li inundava el cos. El cor li va fer un salt. Era com si un incendi li consumís les entranyes. Va intentar escapolir-se dels *andros*. Volia auxiliar-lo, protegir-lo, abraçar-lo, però li ho van impedir a cops i la van fer caure. El seu cos va impactar contra terra. Va caure sobre les mans i els genolls, panteixant, amb el nas a l'asfalt. Va sentir l'impacte de les porres contra els seus colzes i el de les botes amb reblons metàl·lics contra els seus talons. Tenia la cara pàl·lida i desfigurada i li rajava sang de la boca i del nas. Per un instant, li va semblar que perdia el sentit, com morta, sense ànima. I tot d'un plegat ja no va sentir ni els cops ni el dolor. Ja tant li feia el que li podia passar.

Les bessones, que anaven darrere d'ella escortades pels *andros*, en veure el cos de Tyr sobre l'asfalt, van començar a cantar, amb la veu ennuegada i els ulls negats de llàgrimes:

«È questo il fiore del partigiano,
o bella ciao, bella ciao, bella ciao, ciao, ciao,
è questo il fiore del partigiano,
morto per la libertà.»

Des de la camioneta van observar tota l'escena impotents.

⅄⅄⅄

Kas es va despertar en una habitació càpsula encoixinada. Pensava que el cap li esclataria; li feia mal tot el cos i tenia la boca pastosa. I, de cop, el pensament de Tyr estirat a terra li va venir nítidament a la ment. Va començar a donar inútilment puntades de peu a les parets. Li faltava l'aire, no podia respirar. Havia de controlar aquell atac de pànic. Derrotada, va intentar asserenar-se. Finalment, va quedar immòbil, sense esma.

Un calaix amagat a la paret li va proporcionar líquid i una barreta energètica. No els va agafar; va continuar quieta. Van passar moltes hores, potser una dia sencer. De cop, del sostre va aparèixer una pantalla amb la imatge de la professora Alícia.

—Per què ho has fet, Kassandra? —li va dir amb veu afligida.

Kas no la va mirar; no es va moure ni un mil·límetre. Reposava de costat, amb el cap recolzat en un braç i un floc de cabells caigut sobre el front. Una letargia mortal s'havia apoderat d'ella.

—Tenies futur i ho has engegat tot a rodar —va continuar la professora—. Ara ja no puc fer res per tu. Gràcies a la generositat de Magnus, que mai no abandona els seus ciutadans, seran unes altres persones les que t'ajudaran a redreçar-te. Només un consell: no empitjoris més les coses, no seran tan comprensives com ho he estat jo.

La veu de la professora Alícia s'incrustava en el seu cervell, com fragments de vidre.

—Tyr... —va balbucejar Kas. El recordava nebulosament. La professora Alícia ja s'havia desconnectat.

⅄⅄⅄

La professora Alícia, en desconnectar-se de Kas, va esborrar el somriure. L'havia impressionada veure la noia tan derrotada. Una punxada de llàstima li va atacar el fetge. Va quedar pensativa mentre observava per la finestra el desert. Estava decebuda amb els nois i també patia per ells. Pensava que tanta violència com havia passat a la Fàbrica era innecessària. Tot havia acabat d'una manera massa tràgica i estava convençuda que les conseqüències serien terribles. Com és que no s'havia adonat de tot el que estava passant a l'FDP? Va prendre notes. Hauria de revisar les càmeres de seguretat. Es va girar cap a la gran pantalla que presidia el seu despatx, que es va quadricular per mostrar cada racó del centre. Ara necessitava una actitud positiva per superar aquell entrebanc.

Els seus raonaments es van interrompre bruscament, quan de cop a la pantalla va aparèixer l'estrateg Cares.

—Ha decebut molt Magnus, professora Alícia. Ha traït la confiança que havíem dipositat en vostè —li va deixar anar en un to molt seriós, quasi sense moure la seva enorme boca.

—Em sap greu, estratega Cares, no tornarà a passar —es va disculpar la professora, acotant el cap.

—D'això, n'estem ben segurs. Com bé repeteix sempre vostè: tota acció negativa té una reacció positiva. Avui mateix serà traslladada a la Fàbrica. Aquí ja no necessitem els seus serveis.

—Però només ha estat una entremaliadura —el va tallar la professora.

Va haver-hi una pausa freda.

—Una entremaliadura? S'ha gestat una cèl·lula de la Resistència davant dels seus nassos i vostè no s'ha adonat de res. Tot això assenyala insensatesa i descuit. —Al coll gruixut de l'estrateg, la pronunciada nou li pujava i baixava amb sorprenent rapidesa.

—Doni'm una altra oportunitat —li va suplicar la professora. Notava que li tremolaven les mans.

Però ja no la va sentir. La pantalla es va fondre i, en aquell mateix moment, van aparèixer dos androides uniformats amb vestits de color blau fosc i armilla. Tot d'una, a la professora se li va glaçar la sang a les venes i se li va regirar l'estómac. La decisió estava presa.

—Oh, quina meravella! Quantes criatures belles que hi ha aquí! Que n'és de bella, la humanitat! Oh, món feliç, en el qual viu el nostre líder Magnus! —van exclamar els androides en entrar.

La professora Alícia no es va molestar a respondre. No podia dissimular una expressió d'humiliació, ira i frustració. De cop i volta, el *rein* la va avisar que els seus *likes* havien quedat a zero, els milions de *likes* que havia atresorat durant tota la vida s'havien esfumat com per art d'encanteri. El seu somriure es va esborrar per sempre. Els androides no li van permetre ni agafar res del despatx ni acomiadar-se de ningú i la van acompanyar amablement cap a la sortida.

000 *LIKES*

Kas va passar molts dies reclosa a l'habitació càpsula. Després de la professora Alícia, ningú no s'havia connectat amb ella. Havia perdut la noció del temps. Passava les hores entre una barreta energètica i una altra sense moure's, de vegades desperta, de vegades adormida. Sempre amb els ulls tancats; li costava molt obrir-los, tot i que ja s'havia avesat a dormir amb tres llums blancs intensos sobre la cara que no s'apagaven mai. Sovint es despertava paralitzada de terror, amb una suor freda que li corria per l'esquena, cridant el nom del seu estimat Tyr. El malson era recurrent. Sempre la mateixa imatge: Tyr estirat a terra enmig d'un bassal de sang.

Finalment, es va obrir la porta. Dos *andros* li van ordenar que els acompanyés. A Kas el cor li bategava amb força. Les seves cordes vocals estaven paralitzades i estava tan dèbil que no podia caminar. La van agafar per les aixelles i els turmells i la van treure de l'habitació en sopols. La van arrossegar per un passadís de portes blanques. Una d'aquestes portes es va obrir i la van fer entrar a la força, tot i que ella no oposava cap resistència. A dins, una dona amb bata blanca li va somriure i la va fer seure.

Kas ho observava tot sense dir res. De cop, la dona, sense adreçar-li cap mot, amb unes tisores li va tallar els cabells molt curts. Les llàgrimes li banyaven les galtes mentre els llargs flocs castanys queien a terra. Després, la dona va rematar la feina amb una màquina d'afaitar i la va deixar totalment calba. Tot d'una li va fer una foto amb el seu *rein*; el de Kas estava completament apagat.

No hi havia cap mirall, però a Kas no li calia un mirall per saber que el seu aspecte feia pena. Els *andros* la van venir a buscar. En silenci, van tornar a recórrer aquell passadís i la van obligar a travessar una altra porta i a canviar-se l'uniforme de l'FPD blau cel per una granota blanca. També li van oferir un oxigenador perquè pogués rentar-se. Es va vestir amb moviments lents i atroncats. Encara no s'havia adonat com estava de prima i feble. Això només podia significar una cosa: que havia estat a l'habitació encoixinada més temps del que s'havia imaginat. Tristament, es va passar la mà pel seu cap rapat.

Al cap d'uns minuts, la van venir a buscar. Van obrir una altra porta que donava a un altre passadís, també blanc. Hi havia un munt de pantalles incrustades a la paret, totes amb les mateixes imatges de Magnus. La van fer entrar en una altra habitació, també blanca. Només hi havia una cadira davant d'una gran pantalla. Li van ordenar que segués amb un gest. Ella ho va fer i va encreuar les mans sobre els genolls. Tremolava com una fulla. Els *andros* es van situar un a cada banda de la cadira. De cop, es va engegar la pantalla.

Com en una pel·lícula en què ella era l'absoluta protagonista, va poder observar imatges gravades de tot el que havia fet fins aleshores: el dia que es va equivocar d'uniforme al Centre d'Estudi; les galetes d'eruga que va fer amb la senyora Hipàtia; les selfies amb Nicole i tota la colla a l'edifici de la Fàbrica; les classes clandestines del professor Nèstor; les converses amb la senyora Cynara; les connexions amb la mare al turó del desert; el petó que va fer a Tyr; la fugida amb la camioneta del seu oncle; l'holograma de l'arc de Sant Martí a la Fàbrica; Robbie, el seu estimat Robbie; el petó que Tyr li va fer al terrat; Tyr estirat a terra en un bassal de sang vermella...

Observava les imatges com hipnotitzada, i li va caure l'ànima als peus. L'envaïa una sensació de mortal impotència, però estava massa dèbil per reaccionar. No li quedaven ni llàgrimes per plorar.

Tot d'una, les imatges van desaparèixer i va aparèixer un home jove, amb un coll gruixut i una enorme boca, de mirada altiva, amb els cabells negres engominats cap enrere, amb un vestit jaqueta de quadres de color blau elèctric de teixit intel·ligent. A Kas li va resultar familiar; era l'estrateg Cares.

—Senyoreta Kassandra, li he de dir que té molt mal aspecte —li va deixar anar dedicant-li una mirada glacial—. De primer, deixi'm expressar-li el meu agraïment perquè gràcies a vostè i als seus amics tothom ja sap la veritat: que la utòpica Resistència són, en realitat, quatre noiets entremaliats, que per sort ara tenim controlats.

De cop va desaparèixer l'estrateg Cares i va aparèixer el presentador del telenotícies:

Fer-se una selfie ha passat de ser una activitat fàcil i massiva gràcies a les càmeres dels nostres reins *a convertir-se en un perillós «més difícil encara» que pot tenir conseqüències fatals per als usuaris. Els últims mesos s'han comptabilitzat més de dotze morts per aquesta activitat. L'última registrada va ser fa uns quants dies: a l'edifici de la Fàbrica, tres noies i un noi, en el seu afany d'aconseguir* likes, *van projectar un gran holograma a l'edifici de la Fàbrica. Els nois es feien anomenar* la Resistència. *El que va començar amb un joc de nens va acabar en desgràcia. La preocupació de Magnus per aquesta qüestió l'ha portat fins i tot a llançar una campanya informativa protagonitzada per ell mateix.*

«Ni un milió de likes *a les xarxes socials no valen tant com la teva vida i el teu benestar», ens adverteix Magnus pel que fa als perills d'aquest tipus de* selfies.

Les seves paraules anaven acompanyades d'un vídeo, en què es podia observar com Kas, Tyr i les bessones recorrien l'edifici de la Fàbrica fins al terrat. L'holograma de l'arc de Sant Martí havia canviat els colors a una gamma de blaus. No hi havia cap rastre de la violència de l'Andropol ni de les bales dels drons. Finalment, apareixia Tyr a terra enmig del bassal de sang blavosa, com si s'hagués precipitat des de dalt en fer-se una selfie.

Els ulls de Kas romanien, ofegats de llàgrimes, clavats a la pantalla. Les imatges van desaparèixer de cop i van ser reemplaçades per la cara somrient de l'estrateg Cares.

—I els meus amics? —va preguntar Kas amb un fil de veu.

—Les preguntes les faig jo —la va tallar ell, i es va aturar com per permetre que assimilés les seves paraules—. De moment, tot el que ha de saber és que està reclosa en un camp d'internament. Res a veure amb l'FDP i aquestes bajanades de l'educació positiva.

Un *andro* li va treure, de males maneres, el *rein* i, en el seu lloc, li va marcar a la pell un comptador de marxa enrere. Va sentir un intens dolor. Va tancar els ulls amb força i va respirar fondo per evitar fer un crit.

—Estigui atenta a les normes i les instruccions. El que té al canell de la mà són els *likes* que ha d'obtenir per sortir d'aquí. Quan el seu comptador estigui a zero, podrà marxar. —La seva veu era dura i penetrant.

Kas va contenir l'alè i va obrir la boca per parlar, però no va dir res. No podia treure els ulls de la pantalla. Tenia un munt de preguntes que no van obtenir resposta. L'estrateg Cares ja havia desaparegut.

Els *andros* van arrossegar Kas pels passadissos fins a arribar al que semblava la sortida. De cop, les portes es van obrir amb un so metàl·lic. A Kas, la claror del dia li va fer mal als ulls. De mica en mica, la seva visió va anar acomodant-s'hi fins a observar horroritzada el que tenia al davant.

Al bell mig del desert, al llit d'un antic llac salat d'uns 1.500 quilòmetres quadrats que ara era totalment sec, el camp d'internament formava part de l'anomenada *Zona Z*, de gairebé 12.000 quilòmetres quadrats. Era una fortificació amb

1.400 comportes d'acer accionades per control remot, concertines que s'elevaven a 4 metres d'alçada a la part exterior, raigs làser, detectors de moviment, càmeres, drons, una dotzena de torres que s'elevaven diversos metres d'altura amb franctiradors i un sistema especial de seguretat per fora. Per dins, centenars de barracons blancs, alineats curosament, a més de pantalles pertot arreu. En una gran plaça central, milers de persones rapades, ànimes desesperançades, vestides amb una granota blanca i marcades numèricament amb un comptador de *likes* feien instrucció com autòmats, vigilats en tot moment.

Una enorme inscripció li va donar la benvinguda:

ELS LIKES US FARAN LLIURES.